ヤマザキマリのリスボン日記

テルマエは一日にして成らず

ヤマザキマリ

朝日文庫

本書は二〇一二年四月、フリースタイルより刊行された同名の単行本を
文庫化にあたり再構成し加筆修正したものです。

まえがき

この本は、リスボンで暮らすようになったのをきっかけにはじめたmixiの日記を中心に、その後はじめたブログの文章で構成されています。

私は、14歳でヨーロッパを一人旅したときに知り合ったイタリア人マルコじいさんの孫のベッピと、2002年の秋に結婚します(このへんのことは話すと長いので割愛)。ただ、日本でやっていた大学の講師やテレビのリポーターなどといった仕事をすぐにやめることができず、私はエジプトとシリアに留学していた夫のところへ3ヶ月に一度の割合で通っていました。

漫画の仕事は、たまに読み切りや原作つきの仕事を引き受けていましたが、正直に言えば、二の次、三の次という状況でした。確実な収入を得るためにはどうしてもそのようにならざるをえなかったのです。

2004年春、一人息子のデルスが小学3年生を修了した時点で、私は大学やテレビの仕事を一切やめ、当時シリアのダマスカスで暮らしていたベッピとともに家族一緒の生活をスタートさせました。

日本を離れてしまった私に、漫画家たちだけで作る同人誌『赤い牙』のことを教えてくれたのは、漫画家の松田洋子さんでした。彼女は、長年の友人である三宅乱丈さんから紹介されたのですが、「好きな漫画を描けばいいよ」と言われて、このときは「ダマスカス式携帯電話」というおバカな漫画を描きました。

夏にシリアからポルトガルのリスボンへ移ったときに、やはり松田さんからmixiを勧められ、ここに収められた日々の出来事を書くようになります。

シリアでもポルトガルでも、なぜか私は安穏無事に過ごせることはありません。誰がどうしただの、なにが起きただの、毎日どこかで憤慨し、アドレナリンが噴出していたわけですが、それを日記というかたちで友人たちに読んでもらうことによってバランスを保っていたように思います。

この日記を読んだ当時の講談社の担当者が、「おもしろいから漫画にしないか」と言ってくれたことによって出来たのが、『モーレッツ！イタリア家族』という エッセー漫画です。夫の実家に黙って描いていましたが、本になって刊行された途端にうれしくなって、つい見せてしまい、内容を説明させられる羽目にもなりましたが、本人たちはとても喜んでくれました。これが、原作つきではない、私の初めての単行本になります。

リスボンに、むかしの日本みたいに裸電球一個だけがぶら下がる商店があたりまえのようにあることに感動し、昭和50年代を舞台にした『ルミとマヤとその周辺』という作品を描くことにもなりました。

古代ローマオタクの旦那と暮らしていることもあって、「VICTORIA」という題名の古代ローマ・パロディー漫画を『赤い牙』に描きました。筋骨隆々のグラディエーターたちがコロシアムで紅白の玉投げをするというものなのですが、これを描きあげたときに、「自分はもっとこういう漫画を描きたい！」と強く思ったことを覚えています。そして、米HBOと英BBCとイタリアのRAIが制作した壮大な古代ローマドラマ『ROME』の虜となったことなども影響し、次に『テルマエ・ロマエ』の第1話となる読み切りを描くのです。

久しぶりにこの日記を読み返してみて、あのころのどたばたにもがいている自分を客観的に楽しむことができたのですが、私は自分の身のまわりで起こる数々の出来事や、想像したことを、なにかのかたちにしたい思いでいっぱいだったようです。

生きるということは決してスマートでなく、むしろ見苦しいことが多いくらいですが、それがなかったら漫画を描くパワーも湧いてこなかったのでしょう。

そんなことをいましみじみ感じています。

きっと
いいこと
またあるよ

目次

ヤマザキマリのリスボン日記

テルマエは一日にして成らず

リスボン良いとこ一度は暮らそう

2004-8-31 ~ 2004-12-15

うれしくなっちゃう

2004-8-31

今日、松田洋子さんの紹介でmixiに仲間入りさせてもらうことになりました。3月に日本を出てからすっかり故郷が恋しい毎日だったのでとても素晴らしいです!!

ポルトガルは9月の北海道みたいな感じで涼しくて、気候は最高なんですが、おなじラテンの国であっても、むかし住んでいたイタリアと違い、道行く人の視線の強さがいまひとつ弱いですね。セクシーな女性がいても、見て見ぬふりをしますし、あんまり見かけないはずの黄色人種の私なんかが通りかかっても、「あ、東洋人だ! 何人かなあ。中国かなあ。フィリピンかなあ。うへえ気になるぅ」とか、心のなかではきっと思っているはずなのに、それを表情の下に包み隠してしまいます。

これがこのあいだまで住んでいたアラビアだったら、5人くらいの頭の弱そうな若者が横にずらりと肩を組みながら(この様子がさらに頭の弱さを強調)ずっとうしろからつけてきて、「チャンチンチョンチュン!! ヒヒヒヒ」と冷やかしてくる有様で、これには私もさすがに拳を握って立ち止まり、ケリを入れずにはすまされませんでした。「まあ、まあ」と通り行く人に取り押さえられたりしましたが、さすがに毎日ではいくら私でも我慢はなりませんからな。バカどもはクモの子を散らしたように逃げていきました。いくら興味の対象に素直といってもあんな軽率なバカっぷりは許せません。あ、でも結果は「やっぱ中国人だ、すげえ」って思わせてしまっただけかも……。

これがイタリアだと、躊躇なく気になる人には近づいて、それがなにで出来ているのか、どのように出来ているのかを確かめようと、相手の照れなど気にせず、じいいいっと見つめるわけですよ（見つめるだけでたりないと話しかける。そして触る。匂いをかぐ。なめてみるなど）。ダ・ヴィンチやミケランジェロの国ですからね。見つめることは大事なわけです。

濃い国はいろいろありますが、やっぱり内容は千差万別ですな。

以上比較文化論。

まあ、なんであるにせよ、かつて私が置かれていた日本の慌ただしい生活環境から解き放たれたので、文句は言えませんね。なんせ日本では何足の草鞋《わらじ》だったか知れず、ろくに本を読む時間もありませんでしたから。

そんなわけで、今日はうれしい気持ちで床に入れそうです。おやすみなさい。

疲労

2004-9-1

いまここに、姑《しゅうとめ》と舅《しゅうと》が滞在してるんですが、これがもう、朝から晩まで激しい喧嘩を展開してくれて、昨日は胃痛で眠れませんでした。

しかも風呂場には舅のパンツやらシャツが干してあって、きちんと絞ってないから床に水溜まりが出来てて滑り転びそうになるし、パソコンは占領されるし、日本食をつくっても、「ちょっとこのスープ、味が濃いね。塩分多すぎない?」とかいって(お吸い物。ンなわきゃないだろおーっ!)食べないし、人の作業テーブルに荷物どっかり置いてるし、飾ってあった香水は全種類試されてるし、猫の便所砂はひっくりかえってるし、もおおお、カンベンしてくれええ!!

イタリア人には、遠慮するっていうメンタリティーがないのだろうか? 我慢するとか、謙虚さとか、静かにするとか、ないんだろうか? ない!! どこかに出かけたら、そこに馴染むのではなくて、逆に自分たち色に染めようとする。これが彼らのメンタリティーと言えましょう。

西洋合理主義っていうのか、こういうのを……。

夕食のときにスパゲティーをてんこ盛りにされて、無理して食べてたら具合が悪くなって、「いらないなら、いらないとはっきりお言いよ!」と姑に言われたので、「いいえ、日本人なので、それはできません」と答えました。「それはよくない」と返されたので、適当に反論したわけです。

「NOと言えない＝知らないものでも受け入れる許容範囲の広さということです。とりあえずYESと答えて、どうなるかわかんないけど受理したら、まあなんとかなるだろうというフトコロの広さを意味するのです」と。

「じゃあ、知らない国で見たこともないキモチ悪い食べ物を出されても、NOといわずに食べるのか」って言うから、

「はい。パプア・ニューギニアでみんなが美味しそうに芋虫を食べていれば私も食べるわけです。みんなが〝わあ、ふかふかしてジューシーで美味しいね！〟って言って喜んでいるそばでゲエーとやれないでしょう。みんなが美味しいと言うからには、きっと芋虫を美味しいと思える感覚が人間である以上どこかにあるわけです」と答えました。

「芋虫なんて無理だよ」と舅。

「いや、無理じゃありません。そういう状況になったら絶対食べてみせますから！」

そう強がった私を彼らはどう受け止めたのか。もうなにも言い返してきませんでしたけど……。

どうしよう、こんど手土産に芋虫持ってこられたら!!

NOと言えない！！！

姑のパジャマで性交シミュレーション

写真添付実験その1　交尾する猫。
パジャマにどんな匂いがついているのやら。
知りたくない!!

2004-9-3

こっちのほうがリアルか

写真添付実験その2　交尾する猫。
いまはなにをするにも集中力がありません。
自分の家で自由が一切ないってのは辛いもんだ。
猫だけが生き生きしてます。

2004-9-3

さらば舅姑

2004-9-4

交尾する猫　その1

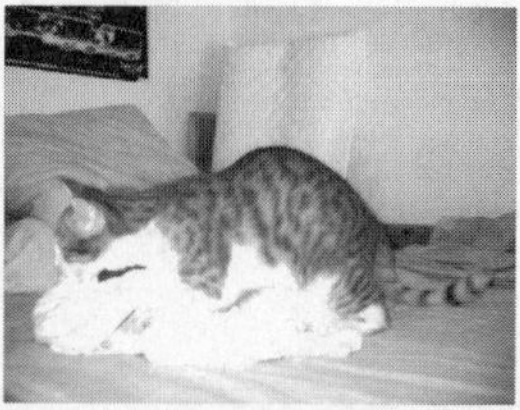
交尾する猫　その2

これはシリア時代、ドラ猫を拾った直後の写真です。意外にフレンドリーな一面もあるってことで。サカリはまだついていません。

信じられませんが、突然イタリアで待っている95歳のばあ様から、「電気がショートしたが、直し方がわからん。家が暗くてなにも見えん」と連絡があり、嵐のように姑たちが去っていきました。ここから北イタリアの彼らの街まで2500キロ。一気にここへ押し寄せてきた勢いで、一気に帰るそうです。ああ、信じられない。っていうか、家のなかにあの人たちが引っ掻き回した空気の余韻がいまだに滞っております。なんかいまにもピンポンが鳴り響きそうだ……。

昨夜の出来事。貸家というものに住んだ経験のない舅が夜半1時ごろにいきなり電動ノコギリで作業を始めました。ベッドに横たわっていて急に、トイレに棚があったら便利だな、と思い立ってとのこと。当然下の部屋の人から激しく苦情。しかも、そのときに自分で作った棚のカドに頭（ほとんどハゲ）をぶつけて流血。ほんのわずかに髪の毛が残っているところに、よりによって傷を作ってしまい、「大丈夫！　なんでもないから！」と両手で傷口を押さえ、必死で抵抗したにもかかわらず、腹を立てた姑に頭の毛をすべて刈られてしまい、しかも普通の指サイズの絆創膏を3枚ほど重ねたやつ

を貼って応急処置おわり。

全然眠れぬ夜でした。最近全然寝てないけど、昨日は特に寝られなかった。まあ、もう立ち去ったんだから、いいんですけどね。ただ、掃除しようかと思ってトイレに行ったら、舅の頭に貼ってあったはずの絆創膏が床に落っこちてて、そこに2、3本の髪の毛がついていて、なんかもう、なんていうのか……、

不吉な感じよ。

そうそう。帰る直前に、空腹のため寄り道をして途中で余計な金をつかわないようにという口実のもと、うちの冷蔵庫を掻き回して、ありとあらゆるものを食べつくしていきました。そのなかに、2週間前に作ったマーボーナス(最後のレトルトを使ったので、捨てきれずにいた)の残りがあって、「ん、おいしいじゃないのこれ」と姑が言うので、どんどん食べてもらいました。食べ物は大事にしようね。

いまごろどこだろう……。

極悪面トリオ

2004-9-5

最近のレゴではこのような顔つきのひとたちに出会えます。

そんなわけで、台風去って清々しい一日の訪れを迎えた我が家に突然電話が。

「そちらに＊＊さん（姑たち）いらっしゃいますか」

「いましたが、昨日帰りました。２５００キロあるのでまだ着いてないと思いますが。なんのご用件でしょうか」

「あ、実は雌鳥を30羽注文されてて、先だってお届けにうかがったらいらっしゃらなくて、お出になられたおばあさんはなにも聞いてないっていうもんですから、確認のために」

たぶんあれですね、フリーエンジニアの舅がなかなか日の目を見ないもんだから、いずれは鶏屋になることにしたのかもしれないですね。でもあたしゃあ、もういいよ。悪いけど、ニワトリがいるかぎりあの家には近寄りません。悪いけど、絶対帰りません。さては……いま買ったってことはクリスマスに潰す予定だな……なんか七面鳥だの羊だのも飼いそうだな……。

うちのいたいけな猫ゴルムにパンチを食らわせ、ニワトリを惨殺する姑。のろわれますよ、このままでは。

あ、そして今日の小さな出来事その2。

いまうちは外壁の工事をしていて、鉄の足場が張りめぐらされてるんですけど、うっかりトイレの窓を開けたままズボンをおろしたら、窓のむこ

極悪面のレゴ

うにいたアフリカ青年とばっちり目があってしまいました（現場系の仕事はアンゴラとかのアフリカ人たちが多い）。

「うあ、すんません！」とアフリカの彼は慌ててそこから立ち退こうとして、足元にあった漆喰の塊を5メートル下の道路に落として、通行人に怒られていました。

その危険な出来事の発端が、ズボンをおろした私にあるとは誰も思いますまい。

なにごとも姑たちがいたときに比べたら、耐えられることばかりだわ。ははは。

傾きの家

2004-9-6

写真は現在住んでいる家（一番手前の外壁工事中）あんど、アフリカ青年にズボンをおろしたところを目撃されたトイレです。

ポルトガルに着いたとき、とりあえず夫の妹P（21歳、巨乳）が、「うちにいていいよお」って言うから、そこで寝泊まりさせてもらってたんですけどね、これがもう、形容しつくしがたい家ですごかった。

広さは30平米くらい、窓は一個。トイレにドアなし。用を足すときは誰もそばにより つかぬよう歌などをうたって「使用中」を激しく自己主張しなければならない。さらに、窓が一個なので、大などのときは、片手に消臭剤を持ちつつ、つねにシュッシュかけ続けないと恥ずかしい思いをする（消臭剤の匂いでも恥ずかしいという結果はおなじだが、大の匂いよりはまし。でも、いきみながら消臭剤をかけるのは大変。ときとしてボタンを押しっぱなしにしてしまいがち）。そして全体的に床が斜め。球状のものを落とすと家の奥へ延々転がっていきます。

しかも、「ここに寝てね」と私たちが言われた場所はトイレの横で床に厚いスポンジが一枚敷かれているだけ。

刑務所でもこんなじゃないだろ!?っていうくらい非人道的な家でした。野宿経験者の私としては、絶対野宿のほうがいい!!と断言できるほど、あの家に寝泊まりするのは過酷なことでした。

だいたい、床が斜めってのがあんなに精神衛生上よくないものとは思ってもみませんでした。目が覚めたとき、自分がトイレの便器あたりに頭をぶつけて横たわっているんじゃないかと思って気が気じゃなかったです。

5つのアパートが入っていましたが、地区的にヒッピーな若者がだらだら家賃などを滞納して住むような場所のせいか、人間関係もすさまじいものがありました。彼氏を隣近所に寝取り寝取られるなんてのは、日常茶飯事ですからね……。

で、ものすごい集中力を発揮していまの家を見つけて引越してきたのですが、ショックだったのは、ここの家の床も斜めだったってこと。ポルトガルに水平の床の建造物はあるんだろうか。むかいのおじさんの家は床だけでなく壁も斜めでした。いいんだろうか、こんなことで……。ここに長く滞在していたら、平衡感覚が絶対鈍る気がする。

引越しの荷物について反省

2004-9-11

引越しの荷造りのマニュアルにはよく、「これを機にそんなに必要ないものは威勢よくパッと捨てちゃいましょう」って書いてあります。本当にその通りだなあ、特に海外に荷物を送るとなるとお金もかさむし、ちょうどいいや！　……と思って私も勢いよくパッと家のなかにあった半分くらいのものを捨てたりあげたりしたので、ポルトガルに送った荷物は本当に必要最低限のものに絞られていると、強く確信していました。

750キロ。コンテナは3メートル立方。

……これが実際に到着した、いろんなものを捨てたはずの、私の荷物の状態です。

3月に荷造りをして、それから8月にリスボンに入るまで、家探しだの諸手続きだののことで忙しく（特に舅姑来襲はでかかった）、すっかりこの日本の荷物のことは忘れていました。

なもんですから、疲れとストレスの最中に業者からこの荷物の仕様が届いたとき、

「……えぇっ！　……そんなもの知らない!!」

などと無責任な発言をしてしまうほど、はっきし言って荷物のことはどうでもよくなっていました。

この私の無責任な発言の意味するところは、要するに、なにを荷造りしたのか思い出せない、イコールはっきりいってなくても困らないものばかりの可能性がある、ということです。しかも税金が10万円。

でも知らんぷりというわけにはいきません。日本の業者から問い合わせは来るし、コンテナ送料は30万円もかかってる。倉庫に置きっぱなしにしておくとそれだけデポジット料も高くなります。ということで仕方なく運送会社に運んでもらいました。

しかし、この運送会社がまた曲者で、ひょろひょろの運転手のおっさんひとりで、おかしいなあ、あんな不健康そうな人ひとりで大丈夫かなあと思ったら、なんと発注者参加型運送だったのです。つまり、わたくしたちがトラックまでとトラックからを、自らの手と足で運ぶってことです。

ま、いいでしょう。世界は広いからいろんな運搬方法があるってことで、文句も言わず750キロ、タールが染みて真っ黒になった臭い箱60個を、エレベーターのない3階まで炭鉱労働者のような様子になりながら必死で運びきりました。

まず最初に開けた箱から出てきたのが、丁寧に新聞紙にくるまれた、バリ島みやげの

面でした。腰が砕けそうになりました。それに引き続いて重厚な箱に厳かにしまわれていたものを開けると、京都みやげの仁王像。涙が噴きこぼれそうになってきました。これを一体どこに飾るつもりで私は荷造りしたのか、当初の思惑がさっぱり思いだせません。その後も出てくる出てくる、ミャンマーの民族衣装だの、勤めていた地元テレビ局のマスコットの巨大ぬいぐるみだの、大きな木製の亀の置物だの、イスラム教のでっかい数珠だの、セブンイレブンの景品の皿（フランダースの犬、ラスカル、赤毛のアン）20枚、賞味期限が切れていただけでなく、爆発を起こしてまわりの衣類に染み込んだ味噌3パックなど……。

そんな脱力を醸すばかりの長時間にわたる箱開け作業のなか、気の利いたものもありました。私の小学2年のときの日記です。先生のコメントつきで、私の微笑ましい幼少期が垣間見られて、疲れてささくれた心が束の間癒やされました。友達のゆう子ちゃんとブランコで楽しく遊んでいる様子が書かれていました。スキャナーが壊れて届いたので、デジカメで内容を写してみます。

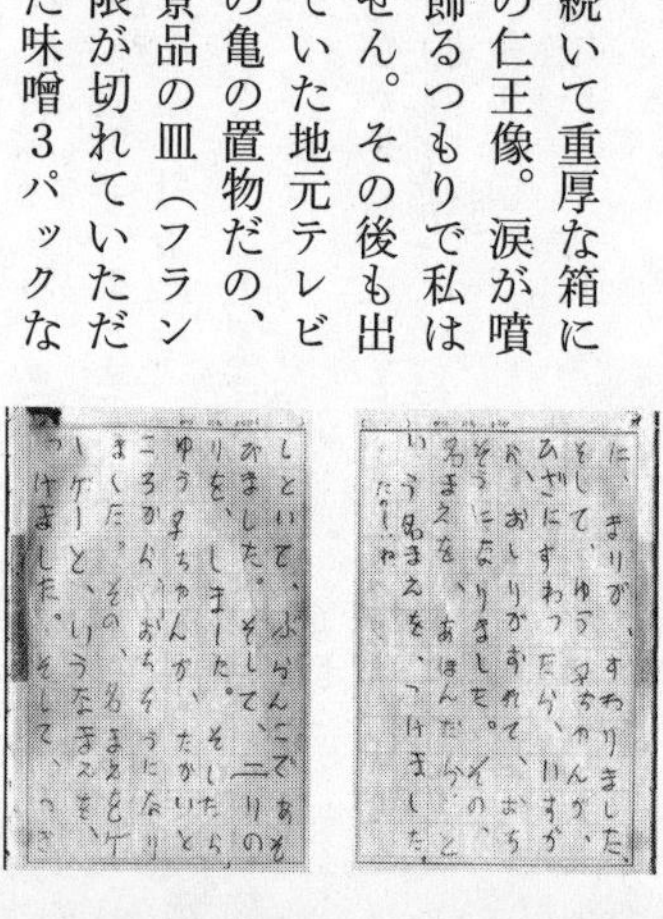
小学2年のときの日記

箱開け作業、いまだ終わらず。しかし、すでに750キロの中身半分近くはごみ収集車および家の外壁作業中の若者によって運ばれていきました。

watashi nanban jin desu

2004-9-15

pasokon BUKKOWAREmashita.
danna no pc karaha nihongo de moji utenaidesu.
aa, dokono darega kono pasokon wo naoshite kuremashouka, kono portugal de....
nihongo oboetate no nanbanjin mo ro-ma ji de kouyatte tegami kaitetanodeshouka.
doudemoiikedo, tsukarete yaruki zero.

直ったよ、やっとこ……

2004-10-2

3週間前くらいですかね、リスボンの東芝にこのパソコンを持ってったのは……。

でも、子供の小学校も9月1日に始まるはずだったのが、教育庁だかなんだか知らんけど、そこのコンピューターが壊れまくって全国の教員名簿が作成できず、配属通知も手書きでこなしたため、なんとポルトガル中の学校が一ヶ月おくれで今日が初日。教室に入ってみたら、子供たちはみんなすっかり表情筋のたるんだ顔をしてました。3ヶ月以上も夏休みをさせられて、これからどう脳味噌のお勉強細胞を回復させていくのか見ものです。

でもねえ。コンピューターが壊れて社会現象がおきてるくらいの国だから、それを考えれば、私のは直って返ってきただけ素晴らしいってことですかね。7万5千円もしたけど。

この3週間、ここでの日記で鬱憤晴らしができなくなってすっかりしょげていた私ですが、担当が「そこでの生活をネームにしてください」と気の利いたことを言ってくれたので、ここに書かせていただいた日記を参考に、筆圧爆裂で芯を折りつつ一気に8ページかける5話も描いてしまいました。姑のことを思うと、どこかで吐き出してないと倒れそうになるので、ちょうどよかったです。

採用が決定されれば7万5千円のこともこんなに考え込まなくていいですけどね。ふふ……。

でも担当、来週から一週間ベルギーに取材だって。バレエ学校だって。すってきい。おなじ外国でも私のネームの世界とはえらい違いだわ……。

姑ネーム

2004-10-3

毎日毎日休むことなくかかってくる姑電話（しかも日に2回以上）。そのたびに私は家で最も遠い場所に避難することにしているんですが、旦那が自分が喋り終わると必ず私に受話器を差し出し、なにか彼女と喋れと強制するのにはいい加減参ります。

先日は電話の呼び出し音と同時にトイレに引きこもり、頑張って1時間粘りました。にもかかわらず、ドアを開けて出た瞬間、受話器を目の前に差し出され、言葉に窮する私に姑は下剤を勧めてくるのでした。受話器を思わず地面に叩きつけて破壊するところでしたよ。

どちらも話すことなんてないのに……。

「気温どれくらいですか」みたいな、どうでもいいことしか言うことないってのに……。かなり前、旦那に、「君とママがベストフレンドになってくれたらいいなあ」って言われたときはぞっとしましたが……発想があまりに短らく的です。そんな都合の良い展開なんてありえるわけないです。

しかも今日は旦那が電話口で楽し気に、「最近どうもうちのことを漫画に描いてるみたいなんだよね！　楽しみだねっ!!」って言ってるのをうっかり聞いてしまいました。やばいです。実にやばいです。

死んでもこのネームだけは見せられない……。

たとえ、めでたく単行本になることがあったとしても絶対に連中には見せられない……。

「ベストフレンドになってくれたらいいなあ」という希望を抱く旦那が、私の目に自分の母があんなふうに映っていることを知らないほうがいいと思うので、なんとかがんばってダミーネームを作ろうと思います。それしか方法が思い浮かびません……。隠れて作業できないのが疲れます。

こうばしさ

2004-10-4

昨日はユーラシア大陸最南西端というところへ行ってきました。ここから190キロほど離れてますが、高速道路は高いという理由で誰も走っておらず、やはり高いという理由で取り締まりもまったくなく、時速200キロくらい出してあっという間に着きました。ポルトガル経済の不安定さがしのばれる高速道路事情です。

さて、着いてみたらまったくなにもないところでした。すごい断崖絶壁と草むらと恋人たちだけ。握り飯を持っていったので、よさげなところを見つけてビニールを敷いてしゃがんだら、なにやらこうばしい音と感触。おや?と思って見てみたら、その辺一帯、見渡すかぎり一面のでんでん虫でした。

握り飯、喉を通らず。

恐るべしユーラシア大陸最南西端。

むかしクワガタを素足で踏んだことがありましたけど、あれを上回るクリスピーさでした。

南蛮風邪にやられて

2004-10-7

体中の筋肉がしびれ、高熱。でもって吐き気に頭痛。「広東なんとかではあるまいか!?」と焦って病院へ行ってみたら、でんでん虫の病ではなく、単なる風邪でした。

いま、日中の気温が30度、夜になると17度になります。侮って昼間のまま肌露出の高い服を着たまんまにしていると、簡単に風邪をひきます。

そんなわけで病院で一日3回飲めと言われて出された薬がこの写真です。わかりにくいかもしれませんが、3錠のうち2錠は人差し指の第一関節くらいの大きさです。

一気に飲み込もうとしたら、もちを喉にひっかけた爺さんの気分が味わえました。

こっちの人って喉太いのか？　なんだこりゃあ!?

ただでさえ風邪で調子が悪いのに猫はサカリでうるさく、なけなしの力を

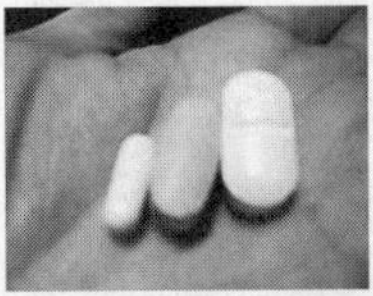

振り絞って連れていった犬猫病院ではまだ6ヶ月に満たないので手術はできんと言われ、こんなことなら姑のパジャマをいただいておけばよかった!!とつくづく後悔。

ああ～静かな森の湖畔で静養したい……。

私にも台風接近……

2004-10-9

おかげさまで風邪はすっかりよくなり、昨日はウサギ肉と大西洋蟹をバリバリ食べました。

しかし……。

考えないようにしていたのですが、実は今晩、台風22号を突き抜けて、日本からオバサン団体20名様がここへ到着なさる予定になっており、私は明日から彼女らの付き添い案内人として11日間をともにせねばならんのでした。

私がポルトガルに移動したというのを知ったとたん、「旅行を企画してくださらないかしら～」という、お金持ちアンド時間たっぷりのオバサン方から電話がかかってきて、あまりの強引さにノーと言えなかった私……。はっきり言ってたいした稼ぎにもならないのに……。

みんなものすごい張り切りようで怖いです。そのなかのひとりなんて、気管支肺炎になっているにもかかわらず、呼吸器持参で出発したようです。

かつての引率でイタリアのカンツォーネショウの途中、楽しげにはしゃいでいたおっさんが急に顔を紫にして、随分興奮してるじゃないのと思って見ていたらその場に倒れたことがありました。

救急車が来て、結局心臓発作だったんですが、あれに勝るとすれば誰かがご臨終になったりすることくらいでしょうから、まあ心配することもないんでしょうけどね。

でも、やですよね。

自分のお人よしさにちょっと呆れてる今日この頃……。

おば様軍団帰路につく

2004-10-20

やっとおば様旅行が終わりました……。

ポルトガル一周旅行を満喫した彼女たちも、いまごろ疲れ果てて日本の我が家にたどり着いたころでしょう。

誰も心臓発作を起こすこともなく、誰も物を盗まれることなく（トイレに50万もするネックレスを落とした婦人がいましたが、殺気立った私を恐れてか、最後まで黙ってらっしゃいました。「ショックで睡眠薬を飲んで寝ていたわ」と彼女の友人が帰国間際に教えてくれました）、無事にことがすんだのはよいのですが、異常なる疲れでございます。筋肉にセメントを流し込んだかのようなこの疲労感を克服するには一週間くらいなにもせずに寝込んでいるしか方法がないような気がします。

なんせ旅行のあいだは、調子にのってバスのなかでクイズ大会を開催したりするほどの大サービスっぷり（ほとんどやけくそ）。

さっぱり人の説明を聞かない彼女たちのために、なるべくやさしい問題を作って出題したんですが、

「ポルトガルの植民地だったブラジルの名前は豚汁にちなんで命名された。ハイッ、マルの人は挙手!!」

に、みなさん真剣なまなざしで、満場一致で手を挙げたので、「……違います」という一言がなかなか言えずに大変苦労しました。

こういった精神的疲労は確かに自分が蒔いた種なんですけどね、それが蓄積してるんでしょうね。

しかも帰ってみると、家に置きっぱなしにしてた猫（隣の人にえさをやってもらっていた）が家中をウンチだらけにしており、その有様を目の当たりにしたときは倒れそうになりました。猫もストレスがたまっていたのでしょうな。

しばらくはこのようなお仕事は控えたいと思います。

南蛮菓子

2004-10-20

ポルトガルでも見つけるのが困難とされる元祖金平糖。
ポルトガル語では〝コンフェイト〟。
合成着色料の味になれた私の舌には、日本のやつのほうが100倍おいしいです。

しかし、ポルトガル人ってのはなんていうのか、みんなひどくプライドが高いことを実感しました。

イタリア人みたいにヘラヘラしてなくて、まじめなのはいいんだけど、土産ものを受け取ってくれないのには参りました。「おれらをそんなに貧しいと思わんでくれや！」といわんばかりの拒みようです。

ヨーロッパのなかでも一番GNPが低いからでしょうか……。にしても、土産を受け取るくらいなんだっちゅうんでしょうか。見返りを期待されるのがいやだとか、そういうことを感じてんでしょうか……。はっきり言ってあったまきます。

その点、イタリア人はあげるつもりのないものでも物欲しげな視線で

強烈にアピールしてきます。

おなじラテンでもこうも違うとは……。まじめすぎるのも考えもんだわ。お陰で治安はいいけど。

土産文化の発達した日本は素晴らしい!!

写真は旅行中の風光明媚な場所と、ヘラクレス大かぶとの剥製臭を嗅ぐ猫。

もう少しで子供の誕生日なんですが、「こんどは生きたネプチューン大かぶとをお願いします」と頼まれてます。

そのときは勢いで、「よっしゃあ！　まかしとき!!」と答えてしまった手前、どうしたらいいのか途方にくれています。

家とは壊れるものである

2004-10-27

災害大国日本も今年は超厄年って感じですね……。

こっちのニュースでも新潟の地震が報道されており、「ちょっとあんたの国、大丈夫なの？」と近所の人に問い詰められたりしてます。大丈夫じゃないっすよ。だいたい全国的に温泉が出るような国っすよ!?　でもって台風通路っすよ!?　海面下はプレートの境目だらけっすよ!?って答えたら無言で肩をぽんぽんと叩かれました。自然災害の恐ろしさをまったくシミュレーションできないってことなんでしょうね。

そのくせ、このあいだ、うちの近所のボロ屋敷がなにかのはずみに全崩壊しました。一番上の階に住んでいたおばあさんが午後9時ごろ寝巻きに着替えて寝室に入ったところ、床が一気に抜けて4階下まで落ちたそうです。おばあさんはベッドの布団にしがみついたかたちのまま、瓦礫の上に乗っかっていたらしいです。

幸いほかの家庭は夕食中でみんな台所部分にあたる場所にいたらしく、直撃は免れたようですが……。

うちは大丈夫だろうか。

築80年なんだけど……。

なーんてことを考えてたら、今日は玄関脇の壁に穴を開けられてしまいました～。電気の配線工事をしてる最中の出来事です。壁って案外薄いんですね。外から見えないように、落ちた破片で埋めてみましたが、ただの気休めです。風がすーすー入ってきます。が、いまの私には怒る気力なし。

住めりゃいいや、住めりゃ！

日本のイメージ

2004-11-8

なんて慌ただしき今日このごろでしょう。短期間で風邪は2回も立て続けにひくし、猫は行方不明になるし、来週お姑様が来るっていうし……、ほんとにもう、カンベンしてくださいよって感じ。

猫は窓から外壁に張りめぐらされた柵をつたって家出したらしい。いなくなって2日目、疲れと絶望感から道行く人にダメモトで、「あのう、オレンジと白のマダラ猫をもしやお見かけしませんでしたでしょうか」と聞いてみたところ、

「見た」と即答。「昨日だけど、ここの道路を足取り軽やかに横切っているところを見たよ」

そのやり取りと私の大げさなリアクションを見ていた窓辺のおばあさんが、「その猫ならあたしも見た」と発言。「今朝5時くらいに発情したヒステリックな声で叫びながら歩いていた」とのこと。

で、その歩いていったという方向に行って、猫の名前を呼んで探していたら、アタッシェケースを持ったビジネスマン風の50代の男性が近づいてきて、「首輪の付いた猫を

探しているのかい」と聞いてきた。私が「そうだ」と答えると、「15分前に黒ネコのあとを追って、かなり弱った様子で駐車場に入っていくところを見た」と言う。駐車場に行ってみると、そのビジネスマンもついてきてくれて、ついに隅っこの小さな日向で、すっかりこ汚くなってうずくまっている我が家の猫発見。

耳と鼻に負傷しているようだが、名前を呼んだのに嘲笑するかのような笑みを浮かべたような目つきで無視する。何度呼んでも完全に無視。思わぬ失意に打ちひしがれたが、その失意もたちまち怒りに変わり、ひっつかんで帰宅……。

それにしてもポルトガル人の善意が底なしで驚きました。っていうか、みんなそんなにつぶさに通りを横切る猫とかを記憶しているところが信じられません。格好はビジネスマンでも仕事のことを考えて歩いているわけではないってことなんですね。

全然話は違うんですけど、このあいだうちに来たポルトガルの若者に、「日本ってどんなイメージ？」って聞いてみたところ、こういう答えが返ってきました。

「満員電車に乗ると無口なサラリーマンが女性のおしりを触る」

「女性はお金がなくなったら、はいていたパンツを売ればいい金になる」

信じられませんが、ヨーロッパでは痴漢は存在しないそうです。

というより、もしこっちの女性にそんなことしたらキルビル状態で殺されること間違いなしで、首を絞め上げられ、乗り物の外へ引きずり出され、暴行を加えられたあと、裁判で莫大な慰謝料を払わされるそうです。

日本女性は耐えるから、痴漢もありなんだなと思いました。

パンツの件では、「どうしてそんなものを買う人がいるのだ」と聞かれましたが、返答に窮しました。

っていうか、いいんだろうか、この程度の認識で……。

姑のお土産

2004-11-20

姑が「ほら、あなたに」ってプレゼントをくれました。

ピンクに白い水玉のネグリジェ。

毛皮の襟。

使い古したバッグ。

全部中古品の様子なので、不思議そうな顔で見ていたら、

「実はあたしの姑（90歳）の箪笥からこっそり取ってきたのよ。あの人ボケてわからなくなってるし、下手してるとあの人の娘（姑の義姉）に全部持ってかれちゃうから、ここに来る前にごっそりもらってきたわけよ」

毛皮の襟は無理やりコートかなにかから剝いだあとがありました。

水玉のネグリジェは綿なんですが、感触がしんなりしていて着込んだ感がたっぷりです。

ほんとに土産までが素敵な姑です。

日本祭り炸裂

2004-11-29

姑は先週の金曜に帰りました。風邪をこじらせ、声が全然出なくなり、そのくせ大変うれしそうに去っていきました。彼女は彼女なりに解放される気分だったんでしょうね。ただ、こっちはおとなしくしてたつもりなんですけど、ひとりでカッカ怒ってましたが……。「あたしへの悪口があるなら全部あたしの前で言ってちょうだいよ！　隠しごとなんかしたらあとでひどい目に遭うんだからね!!」って帰る直前にもすごまれて……。まだあの恐怖感が抜けきってません。……人でもなんでもあまりにも明暗ハッキリしすぎてるのって体質に合わないです。「もうしばらく来ない！」と、放言して帰ったくせに実家に着いてすぐに「いま着いたからあ」と電話。その夜も電話。翌日も2回。毎日2回。この様子だとまた近々やって来るかもしれません。飛行機に乗って雲を突き抜けた空の青さにすべてが癒やされてしまったんだわ、きっと……。

ところで、昨日は昨日でおそろしき一日でした。

先週一週間、ここリスボンで「ジャパン・ウィーク」なるものが開催されていて、これは日本から「出たい!!」と名乗りでた地方のサークルやら団体さんがわざわざ自費でここまで来て、いろんな催しものをしてみせるというものなんですが、昨日が最終日で、うちの坊主が通っている日本語学校の子供まで踊りに駆りだされてしまったのです。

行ってみてびっくりしました……。

松田洋子さんの日記に出ていた東村山ヤング祭り(じゃなくてなんだったっけ……)が、100個くらい一気に集まって爆裂した感じです。しかもそれが日本なら、「ま、仕方ないか」って諦めつくんですけど、問題はリスボンの人たちがみんなあれを「通常の日本」と解釈してしまったことにあります。

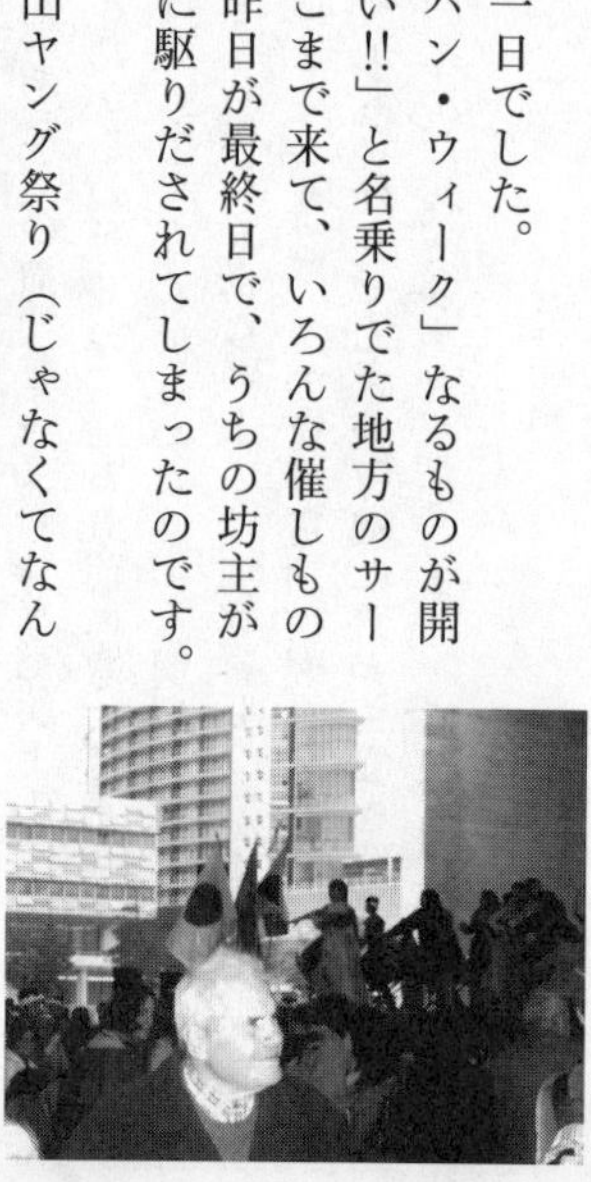

昨日のステージだけでも、総勢50名くらいの和太鼓団体がふたつ、四国よさこい踊り関西版、素肌に腹巻、長いハッピを着たおにいちゃんたちのジャニーズみたいな歌と踊り、チンドン屋、南京玉すだれ、提灯を手にしたジャズダンス……などといったものが3時間くらいのあいだにめまぐるしくステージ上で披露され、最後はこの団体全員がステージに上がっての大騒ぎ。客が帰ってしまってるのにもかかわらず、「みんなハッピーかーい!?」と騒いでました。

「日本の文化伝統は激しく熱狂的」という印象を観客の脳裏に焼きつけたに違いありま

せん。

まあ、なかにはつられてステージに上がるポルトガル人も何人かいましたけどね。ブラジル人かもしれないですね……太鼓が2拍子リズムだったんでサンバに聞こえたのかもしれません。

来年はこれをイタリアのナポリでやるそうです。おそろしいです。

ひもじい越冬

2004-12-15

家のなかを劇的にトロピカルにして過ごす北海道の冬に慣れていたこの身には余りに寒くて辛い冬です。

家のつくりがまったく冬の寒さを考慮していなくて、隙間風入り放題。近所の料理の匂いからタバコの臭い、そして排気ガスに至るまで全部入り込んでくるので、ポリエステル製のふかふかのテープみたいなものを窓の縁に貼りめぐらせたのですが、そしたら今度は窓が閉まらなくなったので、仕方ないので取り去りました。

コタツでもありゃあなんとかなりましょうが、そんなものはここでは誰も開発していない。どうして暖房がないんだろう。朝は1度とか2度とかにまで下がるってのに……。まるで路上で寝泊まりしているような気分です。夜はペットボトルに熱湯を入れて湯たんぽにしてますが、3回くらい使ったらプラスチックがやばい感じになるので取り替えねばなりません。

さすがに奮発して羽毛布団を買いましたが、その決意に至るまでは『真夜中のカーボーイ』という映画で見たおぼえがあったので、新聞をシーツと毛布のあいだに入れて寝てました。動くたびに激しい紙の音がして、すごくホームレスな気分が味わえました。なんとなくいい感じでしたが。

それはいいんだけど、この寒さのおかげで風邪をひくわけですよ。いまも今秋冬3度目の風邪ひき中です。いつも旦那が先に風邪をひくのですが、イタリア人だからか、ちょっと熱が出たくらいでもオペラを演じてるみたいに素晴らしい大げさっぷりで苦しんでくれるので、それにつきあわされる疲労が私に風邪感染の余地を与えているようです。私は昼も夜も片時もそばを離れられず、彼は瀕死の軍人みたいなもがき方をしてくれます。自分もやってみたいですが、理性が邪魔をして無理です。

愛（アモーレ）こそ全て

2005-1-2 ~ 2005-12-30

ポルトガル新年

2005-1-2

ポルトガルの新年はすべての家屋の住民が0時になったと同時に窓から半身を乗り出し、鍋をお玉でどんちゃかどんちゃか叩きながら、「キャッホウ!!」と叫びまくるという、京劇を彷彿とさせるサウンドに満ちた奇怪な幕開けとなりました。

イタリアもそうですが、窓からいらないもの（テレビや冷蔵庫などの大型家電含む）を放り出し、爆竹を炸裂させて年忘れという習慣もあり、実に喧《やかま》しく新年を迎えます（今年もまた窓から投げ出されたテレビが頭を直撃して亡くなられた方がいます）。

ちなみにクリスマスは家族で厳《おごそ》かに過ごしますが、新年は「新年パーティー」と称される大合コンがあっちこっちで開かれ、みんな挑発度満点（ちなみに下着は赤が縁起を担ぐ）のいでたちで臨みます。

その場でフレッシュなカップルが出来るのも当然ですが、危険ごっこも大いにあり、知らない人も大歓迎みたいな、しっちゃかめっちゃかな一夜を過ごします。私もかつてイタリアでこれを企画したことがあったのですが、朝起きたときに家の床という床に乱れまくった様々な人たちがビールやワインのビンを握り締めて転がっているのを見て、なんとも言えない思いになったことがあります。やがて目を覚ました彼らは「あ、どうも……」と伏し目がちにつぶやいて、乱れたいでたちのままそそくさと去っていきます。

ハメを外して恥辱にまみれて新年を迎える。これが西洋式なのかもしれませんが、私はいいですね。一回やったらもういい。

気を引き締める要素を含んだ日本の正月とのこの違い。全然新しい年を迎えた気がしませんけど、昨年は後半よりこのmixiに参加させていただいたおかげで救われるところ大でした。みなさんおつきあいありがとうございました。そして今年もどうぞよろしくお願いします。

先日ぱっと行ってきた南スペインの写真を貼っておきます。

街中にオレンジが死ぬほどなっていて、食べてみたら死ぬほどすっぱくて、しかも巡回の警察官にめちゃくちゃ叱られました。

タマ摘出

2005-1-6

あまりのサカリっぷりにこちらの睡眠不足が深刻化し、ご近所にも迷惑であろうことを考慮して、とうとう踏み切ってしまいました。睾丸摘出手術。

ごめんよ、ゴルム……。初めての相手が姑のパジャマだったってのがまた哀れを誘うよ……。

それにしても、なんて痛々しい手術なんでしょうか!! 初めて見ましたよ、タマ……。そして袋にはタマを取り出した傷口が生々しく残っていて、残されたタマなし袋が申し訳程度にぶら下がるゴルムの股間。

スペインのアルハンブラ宮殿に行ったとき、そこの野良猫のタマが全部小さくて、「わ、気の毒だわ……」と思ったものですが、あれは去勢手術をされてそうなっていたようです。

姑ショート漫画のネームが通り、春から連載決定ですと担当さんから連絡がありました。そして旦那が「はやく読みたいねえ!!」とママに電話してました。もうどうでもいいです。なるようになれ。これもすべてみなさまの支援のおかげです。頑張ります。

もうすぐカーニバル

2005-1-12

お金さえあれば、今年こそリオのカーニバルで華々しく行列に参加したいところでしたが、今年も実現ならず……。来年こそは絶対に出てみせる。

あれは大きいチームだと大体参加者が5000人くらいいるんで、ただ衣装を着て、足並みそろえて、腰振って、踊って、まわりに遅れないようについていくだけでいいんですよ。簡単。

胸出し尻出しで山車《だし》にのぼって踊るにはチームの選考会で選ばれねばならんので、私は無理。でもいいんです。単純な発想からでは決して生み出されない、あの意表をつくおったまげデザインの衣装を着てみたいんです。持って帰らなければならないのが辛いのか、カーニバルが終わると会場の外に捨ててあったりするのもまたなんとも言えません。

ところで、友達が送ってきたんですが、いま発売している『フィガロ』がリスボン特集なんですよ！

しかも！　なんと、かつて旦那の妹と苦しい思いをして過ごした家の前のあのヒッピーボヘミアンな通りが表紙になってるじゃありませんか!!

驚いた……。狭くてこぎたない通りだったのに……。写ってる娘も近所にいたヒッピーボヘミアンな家庭の子供にほぼ間違いなしです。びっくりしました。

そうかあ。そんな詩的叙情のある通りに見えるのかあ……。

なかをめくればうちの前を通る28番電車のことも出ているし、よく一緒になる女の車掌さんも写ってるし、よく行く店も出てる……。狭い街ですからね、知ってるところだらけでもまあ当然といやあ当然なんでしょうけど。

にしても、雑誌ではこんなに素敵に演出されるのが不思議です。うまげなポルトガル料理もてんこ盛りに出ているので、もし本屋さんで見かけたらぱらぱらめくってみてください。

地の果てリスボンの空気がみなさんにも伝わるのではないかと思われます……。

またマグマが……

2005-1-13

あんまりにも、どうでもいいこと（ヤギが隣の敷地の草食っただの、おむかいの住民が芋掘ってただの）で姑が毎日電話してくるので（しかも一日2回、30分くらいの電話）、昨日ついに爆発してしまいました。「同居してんじゃないんだから!!」と。

イタリアの家族がアモーレな結束で強く結ばれてるのはいいけど、日本では結婚したらたとえ溺愛する息子だろうと娘だろうと、新たに築かれた家族のプライバシーを尊重せねばならず、いつまでも自分のそばにいるかのように振る舞うなんてことは許せん！と。

でも通じないよ。ダメだ。イタリア人には通じない。

「結婚しても親は親」「ここまで育ててくれた人をないがしろにできない」

ああ、そうかい。そりゃよかったね。日本人でもそりゃあおんなじこと思ってるさ。

ああ、もう言い返すのも面倒臭い。

私、自分が考えていた以上に日本的概念の持ち主で、驚きました。

あまりの憤りにいろんな人の姑愚痴サイトを見てたら、みなさんもっと大変みたいですね。私のなんてハナクソみたいなもんです。

風呂上がりの姑がいきなり自分の垂れ下がった乳を孫の口に無理やり突っ込んで、「ほら、ちゅーちゅー」と吸わせようとしたそうです。「みなさんならどうしますか?」ですって。

切り刻むしかないでしょうよ!!

大福大作戦

2005-2-11

松田さんたちから送ってもらった餅が底をついて早一ヶ月。先日、自然食料品店で「糯質米」と直訳できるものを発見し、「もしかしてもち米!?」と思い、ためしに買ってみました。そしてインターネットで餅のつき方を調べると、なんと電子レンジで出来るとあるじゃありませんか!!

早速、一晩水につけた糯質米（玄米）を2カップミキサーにかけてみました。ややもせぬうちにミキサーが変な音を立てて止まり、内部から煙が吹き上がり、焦げ臭さであたりが満たされました。買ってから使ったのが今回で3回目でしたが、もう使いものになりません。

仕方ないので粒がまだざらざら残る糯質米を器に移し電子レンジに入れ、期待となにが出来るかわからぬ恐怖に胸を高鳴らせつつ待つこと5分……。

なんと餅が出来ていた……。スバラシイ！！！　ああ、なんていう便利な世の中だ！！！！

のこっていたアンコ（Ｂｙ松田洋子）を入れて大福にする。

ミキサーが４０００円くらいだから、それを含めりゃ高い大福だが、この際そんなことはどうでもいい。もう、頬張れるだけ頬張って大満足でございます。

ポルトガルでつきたての（玄米だが）大福が頬張れるなんて！

しかし、食べてからいま、だいたい4時間たちますが、全然消化してません。きちんと糯質米が砕けていなかったのに、飲み込む勢いで食べたからでしょうか。

かなり気持ち悪いです。吐き出しそうです。

当分はノーモア・モチです。

竹竿とカネゴン

2005-2-24

ポルトガルもどんどこ暖かくなってきました。さわやかな青空、青い大西洋……きっとうまげな魚が泳いでいることだろう。

というわけで、本格的釣りにチャレンジ!!

竹の竿にそのへんに捨ててあった釣り糸、おもりは石、えさは鶏肉。

釣れました……。

なんと、釣れたんですよ……。

手のひらサイズのカネゴンみたいな顔した魚が、暴れもせずにぶらーんと糸の先にくっついてきました。

あまりに無抵抗で気の毒だったんで、食べるのはやめて逃がしましたが……。

まわりは銀色に輝く太った魚を釣っていました。

私を見た老夫婦が思わず失礼極まる噴き出し笑いをしていました。

でも大西洋は竹竿でも釣れます。本当です。

野生の王国

2005-3-6

このあいだスペインの古代ローマ遺跡で有名なメリダってとこにちょっくら行ってきたんですが、なんに興奮したって、私、初めて見ました、赤ん坊を連れてくるっちゅうコウノトリを。これがもう、家の屋根だろうがアンテナの上だろうが、この写真に出ている古代ローマ水道の上だろうが、あっちこっちに巣を作りまくってて、もうコウノトリ・アモーレモード炸裂ですごかったっす。

鳩よりも雀よりも多かったっす。

地元の人には全然珍しくないらしく、興奮して写真を撮りまくる私を通りすがりの人が嘲笑してたっす。

羽を広げれば1メートルくらいあり、こんなでっかい野鳥が人目につくところで出来立ての愛の巣で激しく交尾しているのを目の当たりにすりゃあ、子供を運んでくるという謂われにもなろうと思いました。

休憩

2005-3-17

日本に置いてきた愛犬にものすごく会いたくなってしまいました。

それにしてもこんなに切羽詰まっているというのに、いまひとつ仕事に身が入らないのはなぜだ？

トーンを切るカッターの刃がなんかヤバイ感じだからか？

（いい加減にしよう、画材不足のひどさ）

外が春の気配でいわゆる5月病の気配か？

（眠いです、とてつもなく）

このあいだ行ったオペラ座の写真でもどうぞご覧ください。

休憩時間にボックス席で食事中の家族です。

飲食の持ち込みは基本的にダメなはずですが、おかまいなしなほのぼのポルトガル家族。

高級感と大衆感が絶妙にマッチング。

ああ、こんなことをしている場合ではない……。

カエル20個

2005-3-18

だめだ、なんか波長が乱れてます。

昨日夜半までやったこと。

子供のクラス全員のために「ぴょこぴょこガエル」を20個折ったこと。指の皮が摩擦でずる剝けました。

頼まれたわけではないんですが、子供が学校に持っていったら、「大変羨ましがられた」ということで、つい男子バージョン、女子バージョンを気合いれて制作。

その他、らくだ、セミ、ザリガニ、恐竜なども制作。

明け方就寝。

わたくしの足についての考察

2005-3-19

春を通り越して初夏になってしまった気配のリスボン。

おねえさんたちはみんなハラを出して歩いています。

たいへん煮詰まっていたので、近所の浜に行ってきました。15分だけ。

「あれ、なんか足跡変わってない？」と旦那。

デカいってことかい？と思ったらそうじゃない。

つまり砂に踏み込まれた足型の土踏まずの部分が浮いてないってことらしい。

25センチ、しかも扁平足か。いまごろ気づいてどうするよ……。

イタリアは昨年まで徴兵制がありまして、徴兵制ですが、こういう足の人は免除されていたそうです。

うれしくもなんともない慰めでした。

もうひとつの写真は徴兵へ行かなかった旦那です。

コンビニに行きたい

2005-3-20

明け方の夢。

コンビニで料金を払う前にしゃがみこんで食べたいものを全部食べ、その空き袋だけ持ってレジで「これだけ食べました」と言うと、「ピッ」ってやってくれる。店員さんはなぜか好意的で、「これ新製品ですよ〜」と言っていろんなものを持ってきてくれる。カップラーメンはきちんとお湯も入れてくれた状態で。素晴らしい夢だった……。途中で「やばい、夢っぽい」と思ったんで、すごく頑張って映像を伸ばしたような気がします。

なんかさ、穏やかすぎなんだよポルトガル。なんにもなさすぎ!! イワシとカステラばっかり食べてられるかーっ!!

携帯パンツの写真

2005-3-21

仕事に身が入らぬ代償でここんとこ変なことばっかりやってますが、昨日は簞笥《たんす》のなかに放置されていた「その他」と書かれたダンボールの整理をしました。そのなかに紛失したと思っていたシリアの写真CD－ROM発見。★『赤い牙』で題材にさせてもらったパンツ屋の写真も入ってました。

★『赤い牙』とは西暦2002年に結成された漫画家集団および、その同人誌のこと。

シリアにいたときにはなんだかもう当たり前の光景になっていたけど、こうして見るとやっぱりなにか異常だ。売れてるみたいだし。ほかの店が閑散としているのに下着屋だけすごい人だかりだし。

買っておけばよかった……。

『アフター・ザ・サンセット』

2005-3-24

坊主がガールフレンドの家へお泊まりに行ったので、レイト・ショーを見に行く。ずーっと見たくてしょうがなかった映画『アフター・ザ・サンセット』（邦題は『ダイヤモンド・イン・パラダイス』）。

しびれた……しびれて眠れなかった……。

ヒッチコックの『泥棒成金』にヒントを得てつくったって監督は言っているが、夫は見たあとに、「これルパンと銭形警部に影響されてるね」とひとこと。確かにそうだ!!

キャストは『007　ダイ・アナザー・デイ』のピアース・ブロスナンと、どっかで見たことあると思ったら『シン・レッド・ライン』に出ていたウディ・ハレルソン。そして『デスペラード』のサルマ・ハエック。

男たちのかっこいいんだか情けないんだかわからないところが、私の琴線を揺さぶりました……。

特にこのふたりが釣り船で日焼けオイルを塗りあうシーンが情けなさすぎて素敵。この男たちが惚れこんでしまう、しっかりものの女たちの美しさと強さとセクシーさがタマりません。サルマ可愛いすぎ。胸大きすぎ。

リアルに「男らしい」そして「女らしい」映画でした。

おかげさまで今日はとてもすがすがしいです。

熱中する人は長生きだとさ

2005-3-27

昨日BBCテレビで見たんですけど、人って120歳までは全然生きられるらしいです。

全員ってわけじゃありません。

『熱中するなにか』を持っている人は『統計学的に長生き』なんだそうです。

たとえば職場で時計を頻繁に睨みつつ、「ああ、あと7時間もある……」「あと4時間か〜」「お、あと20分だ」などと思って生活している人は『短命である』。

逆に時間を忘れてしまうほど、なにかに熱中している人は基本的に『長生きである』。

要するに、ゲームでもビーズ細工でもテレビでも、日がな一日好きなことだけやって過ごして、「え？　うそ⁉　もう夜⁉」みたいな人は長生きするってことです。ってことは、漫画描きはどうなんでしょう。

作業しているときは大変熱中していますが、時間の切迫感は重たーーく背にのしかかっています。それでも長生きするというのでしょうか。朝と昼の区別がつかなくなるほど不摂生にしてても熱中してれば120歳？

所詮、漫画家は熱中して仕事をしても短命かもしれないと思いました。

バナナヨーグルトケーキ

2005-4-2

気づいたら4月になっていました。

なーんだ、全然いいペースで仕事できそうじゃん、なんていう先月までの読みはいま、確実に大きく狂いだしています。

なのに……。

なのにmixiに2時間も3時間も没頭したりするのはどうしたらいいんだろう。

なのに急に箪笥に押し込めておいたシワシワの服すべてにアイロンをかけたくなるのはどうしたらいいんだろう。

なのに……なのに、家中の大掃除をしてしまったおかげで、かつて病んだ椎間板ヘルニアがうずくのはどうしたらいいんだろう。

なのにホットケーキミックスで応用編、バナナケーキのヨーグルト風味を炊飯器を使って焼いてみたりしてしまうのはどうしたらいいんだろう……。

寝ずに描いたラフ画6枚やっとファックス送信完了。

救急車の思い出

2005-4-8

テレビでは独占的にずーっとローマ法王のことをやってます。カトリックの国だから、そんなもんなんでしょうけど、4つあるテレビ局のうち今朝は2局がずーーーーっとローマ法王の葬儀の様子を中継してますし、近所の教会もそれにあわせて鐘をがんがん鳴らすし、なんか無理やり葬式ムードに染まらねばならぬという空気に包まれています。

これ、2000年前からおなじことを繰り返してるんですよね。すごいと思いました。2000年なんて実はあっという間に過ぎるものなのかもしれませんけど、葬儀のスタイルは全然変わってないそうです。

法王の遺体を3日間祭壇に置いておくしきたりも2000年前とおなじ（この遺体を拝観するのに、18時間の行列が出来てたそうですよ）。

ところで、テレビでバチカン市国の中継を見ていて、とある過去の経験を思い出しました。

1985年、画家になる大志を胸に抱いた私がイタリアに到着したとき、ちょうどこの法王が復活祭のミサをバチカンでやっていました。

『チャンス!!』

そう思った私は街中イモ洗い（世界中の芋という芋）状態のなか、ローマ法王を見るために必死でバチカンへ向かったのです。

しかし、想像を絶する人の波にすっかり飲み込まれた私は、強い日射しと長旅の疲れと時差と緊張と荷物の重さと脱水状態に見舞われて、急に目の前が暗くなって広場の中心でどーんと倒れてしまいました。

ローマ法王のマイクの声で目を覚ますと、そこは広場に駐まっている救急車のなかでした。となりに日射病かなにかで倒れたおばあさんが横たわっていましたが、東洋人が珍しいのか苦しそうにしながらも、じーっと私の顔を見つめていました。

栄養剤みたいなものを注射してもらい、サインして救急車から出ると、通り過ぎ行く人がみんな口々に、「復活祭おめでとう!!」と楽しげに言って浮かれていました。

急に、とてつもない怒りの感情がそのときこみ上げてきました。しかも地下鉄に乗ろうと思ったら財布盗まれてるし。頭にはでっかいたんこぶできてるし。救急車のおばあさんにひげが生えてるのを見て驚いたけど、結局、法王の姿は見えなかったし。

いまもテレビを見ているだけで、あのときの気持ちが思い出されます。きっと今日もここで倒れて救急車に運ばれた人がいるに違いない……。

タイトルは『モーレツ！イタリア家族』

2005-4-9

こちらに綴らせていただいてた日記の漫画が、やっと掲載されました。スクリーントーンが届かないとか、郵便事情が悪いだとかいろいろハードルがありましたが、なんとかそれらを乗り越えられてよかったです。一話目は姑にも大変寛容なエピソードになってますが、次回からは容赦なくいきたいと思ってます。

「……やっぱりママに見せるのやめよう」

と旦那。

本当はその「ママ」に一番見てもらいたい気もするんですが、そしたら漫画のネタじゃなくて三面記事みたいな騒動になりかねないので、しばらくは「ママ」の視野からは遠ざけておこうと思います。

早く猫と姑パジャマのエピソードを描きたいです。

雑誌は隔週ですが、私のは月1連載です。

やっと終わった……

2005-4-22

もうすぐゴールデンウィークですね。

一般の人にはうれしいゴールデンウィーク。

漫画描きなどには原稿の締め切りが繰り上がる苦しいゴールデンウィーク。

しかもポルトガルはその数日前に休日があるせいで郵便局などの輸送手段が明日から月曜まで一切ストップします。日本みたいに宅急便だとか郵便局も本局ならやってるとか、そんな都合のよさはゼロ。

28日に必着の経済学本のイラスト原稿は、死んでも今日出さないと間に合わないということで、4日間ほどほとんど寝ないで片付けました。

最悪、空港に行って帰国しそうな日本人を見つけてお願いするっていう手も考えましたけどね……やっぱりそれもなんだし。

こういう国で締め切りに切羽詰まる生活ってものすごく似合わないです。日本みたいな環境だと徹夜で仕事も我慢できるけど、ここはダメだ。

海臭い。

太陽がまぶしい。

ぽっかぽかしてる。

道行く人の二重《ふたえ》が重い。

なんてのんびりしているんだ……。

夫の実家にいまは近づくべからず

2005-5-9

日に2度（少なくとも）かかってくる姑からのお電話、最近は愛する息子（旦那）への愛のささやきではなく、内容が荒《すさ》んできている。

最初は旦那が対応しているのですが、しばらくすると『助けてくれ！』という信号を私に送りはじめる。

最近諦めと加齢により電話受信拒絶力が大幅にパワーダウンしているせいか、受話器を差し向けられると、無気力に受けてしまっています。

いま、彼女の母親A（95歳）と、夫の母親M（姑・90歳）のライバル・バトルが燃え上がってて、ひっどい状態なのだそうだ。

パイナップルジュース飲み比べ競争。

Aが喉の渇きを訴えたので、姑がパイナップルジュースをコップに注いだ。そしたら、Aはその半分を飲んだ。それを見ていたMが、「おや、あたしにはくれないつもりかい!?」とヒステリーを起こしたので、おなじように注いだ。そしたらコップ一杯を一気に飲み干した。それを見ていたAが、自分のコップに残っていた半分のジュースを一気飲みし、「もっと注いでおくれ!!」と促してきたので注いだら、Mも「あたしにもたのむよ!!」と言いだす。お互いのコップにおなじように入れて渡したら、ふたりともそれを一気に仰いで飲み干し、Mが思わずむせかえる。それを見ていたAが、「まったく、あたしより5歳若いのに情けない!!」と嘲笑。Mが怒って、テーブルの上のパイナップルジュースのパックの残りをすべてコップに注いで、飲み干し、数分後に腸の不調を訴える。Aもおなじように腸の不調を訴える。

姑はその夜、便意を催して叫ぶこの老女たちを交互にトイレに連れて行かねばならず、一睡もできなかったのだそうだ。

「とまあ、こんな具合なのよ、なんであたしばっかりこんな苦労しなきゃなんないのかしら。ったくあなたの手をかりたいところよ、ほんとにもう!! じゃね、チャオ。ガチャ」

私は受話器を静かに戻して仕事部屋に戻り、クラシック音楽をかけ、カモミールのハーブティーとお香の香りで掻き乱された神経を落ち着かせるのでした。

表現がどんどんヘンになる

2005-5-12

弁解するならば、家で日本語をほとんど喋ってないから。言葉って条件反射ですからね。こういうふうに一文字一文字考えて記すのとは勝手が違います。手っ取り早い話、日本語特有の「遠まわしフィルター」を使いこなせなくなってきてるって感じです。

以下、先ほど電話をくれた漫画の担当者Mさんとの会話の内容抜粋。

『電話だとつい近くにいて会おうと思えばいつでも会えるって感じになりますけど、実際はぜんぜんお会いしてないですもんね』

……というニュアンスにしようとしたのだが、

「電話だとはっきり聞こえますけど、実際は遠いんですもんね。今度会おう」

稿料の話の際に、

『夏休みに子供がいろんなところへ行きたいというので、その見積もりをしていたものですから。すみません、いろいろお手数をおかけして。でもありがとうございます』

……と言おうとして、

「夏休みの皮算用をしてましてね。これで夜安心して眠れます」


……大丈夫か、あたし。

このままだとコミュニケーション失調症になるのではないか？

でも考えてみたら、外国にいるせいでもあながちないのかもしれない。

いまでも思い出すと胸が詰まる事柄がいくつかある。

テレビでレポーターをやっていたとき、札幌付近にたくさんの市町村がフリンジみたいにくっついているフリップを指差しながら、

「うわ、なんかこういう細かいのを見ていると全部まとめてしまいたくなりますね!!」

と言ってしまったことがあった。ナマで。

慌てたアナウンサーのおじさんが、「これ、なんてこと言うの！」ってお茶目に牽制してくれて、その場は危うく切り抜けたが、私はいまでも思い出して「うう……」とな

る。レポーターには向いてなかったんじゃないだろうか。とほほ。

夏にはいったん帰国するつもりだけど、きちんとお買い物とかできるでしょうか。思わず、こっちでやってるみたいにレジの人に、「これ、宣伝でいかにもおいしそうにやってるけど本当においしいですかね?」とか言ってしまって、変人に思われないだろうか……。いや、思われるだろうなあ……。それ以前に、そんなこと聞くのは「おばさん」だよな、完璧。

養蚕を始めるわたくし

2005-6-3

子供の通っている日本人学校でポルトガル人の奥さんから、「ね、カイコいりません? もらったんだけど、うちで飼えなくて」って言われて、虫好きな私は「ほしい、ほしい、ほしいーっ!! 全部面倒見ます!!」と大騒ぎしてしまったんでした。

翌週、山のように芋虫を手渡される私。

虫好きだけど、芋虫はあんまり飼ったことないなあ、とそのときになって思い、ちょっと不安に駆られる。

「あのう、えさは……」

「あ、クワの葉しか食べないから。葉っぱならなんでも、っていうわけにはいかないのよ」

とりあえずもらったクワの葉を2日目にして芋虫が食べつくしてしまったので、目をつけておいた近所の市立植物園に侵入してクワの木を探した。「お、これか?」と思ってジャンプをして葉をもいだところ、それを目撃した清掃夫のおじさんにこっぴどく叱られた。「実はカイコを飼ってるもんですから」という弁解は通用せず（信用されず）。それでも再び出直して、誰もいない隙をねらい、似たような葉っぱをもぎとって帰宅。汗まみれ、息を切らして葉を芋虫に突きつけてみる。

食べない。

全部はずれ。

しかも、そうこうしているうちに、か弱そうなのがしなびて餓死しているではないか。もしこの箱のなかのすべてが餓死したら……と思っただけで、全身から玉のような冷や汗が噴出した私は、とある高級ショッピングセンターの敷地にクワが生えているという情報を近所のオバサンから収集、ダッシュで向かう。

あるわあるわ、クワの実がおちて地面が真っ黒。でもいかんせん枝が高い。芋虫大量餓死図が脳裏を圧迫しはじめるのを振り払うように、木の幹に足をかけ、枝にぶら下がる。

高級ショッピングセンターの敷地にはオシャレな買い物客がいっぱいで、みんなきっと私を見ているはずだが、いまはそんなことに気をとられてはいけない。警備員も巡回していることだし、とにかく見つかる前に必死で葉をゲット。茎からとるなんてムリだったから、ぜんぶ引きちぎれ状態。でも構わない。

そして再びダッシュで帰宅。

動かなくなっている芋虫がさらに増えているが、知らん。とにかく喰え！　喰うんだ!!と葉を箱のなかに撒き散らす。

翌日、一匹が繭《まゆ》を作りだしたが、その他大勢は死亡。

カイコってダメな虫だとつくづく思った。

こんなに生きる底力がない人造昆虫だなんて、ほんと見損なった。

葉っぱならなんでも食べろ、と思いますが、食べ物がクワ以外はダメだというだけじゃなく、カイコは自分の力で枝や葉にまでたどりつくことすらできないんだそうです。とても面倒みきれません。

繭になった一匹ですが、羽化後が問題です。羽化しても飛べるわけでなく、ただ「ぱたぱた」と地面を動き回るだけなんだそうです。

まるで寝たきり老人を介護しなければならぬ気分です。

大変だ……

2005-7-30

8月3日、いよいよイタリア・オバハンツアー・イン・ジャパンが始まる。総勢11名。姑を含めて全部オバハン（あ、旦那の妹だけ22歳のギャル）。

3日の朝の8時に成田に到着し、東京を皮切りにその後13日までずーーーっと日本（東京—鎌倉—高山—金沢—京都—奈良—姫路—大阪）を御案内せねばならない。

ぎりぎりまでなるべくなにもシミュレーションしないよう、とにかく怖気づきそうなことは一切考えないようにしてきたが、さすがに残すところあと数日ともなると身体中の細胞が警戒態勢に入るらしく、昨日はいろんなことが気がかりで一睡もできなかった。

例えば……

日本の暑さは大丈夫だろうか。

湿気は大丈夫だろうか。

冷房の寒さは大丈夫だろうか。

食事は大丈夫だろうか。

浅草寺などの仲見世で買ったナイロン着物を羽織って外出するとか言い出さないだろうか。

旅館に泊まるとき、布団は大丈夫だろうか。

大浴場は大丈夫だろうか（きっと大丈夫じゃない）。

喧嘩はないだろうか（きっとある）。

大地震は起きないだろうか。

姑はおとなしくしているだろうか（無理）。

レストランとかで全員分の注文をとるときはどうしようか。

公共交通機関での移動は大丈夫だろうか。

人様の迷惑になるような行為に出ないだろうか。

行方不明にならないだろうか。

おんぶにだっこを要求されやしまいか（されないわけがない）。


……………


まあいずれは全部くまなく漫画のネタにさせていただくからいいんですけどね。カラダを張っての取材だと思えば。

でも絶対に目立つだろうなあ（派手なイタリアン・オバハン。なかにはアフロ系ブラジル人オバハンも交ざっている）。

しかもみんな青山のイッセイ・ミヤケで服を買うって張り切ってるし（んなとこ行ったことないっての）。

仕方ない。10年ごしで要請されていたツアーなんで一回やっときゃあ、もうしつこくされませんからね。

今年の一大辛抱事です。

siamo in italia

2005-9-2

mata nihongo de utenai joukyou ni orimasu.
hayaku lisbon ni kaeritai!!
soshite imamade douri ni mixi ni kakikomitai…
nihon ni iruaida, munennimo oai dekinakatta katatachi, jikai ha kanarazu aimashou…. kitto kanarazu…
konkai ha hotondo kojinteki jiyu ga kaimu na taizai deshita.
shikamo tsukarete shinisouna mainichideshita.
raisyuniha portugal ni kaerimasu.
ato
sukoshi no shinbouda! konchikushou!!
syashin ha, keio−plaza de, mangaka no tomodachito, sankasya to, washi.

ポルトガルへの果てしなき帰路

2005-9-9

ここを出たのが6月24日。今日9月9日。はたから見れば優雅な長期にわたるバカンス、実際はこの1年で最も疲れた2ヶ月でした。断言。

2ヶ月ものあいだ、なにをしてたのかよく思い出せません。イタリア人ツアーのガイドで、振りに振り回された11日間以外の記憶がすごく希薄です。

ああ、そうだ。まず沖縄に行ったんだっけ。人工尾びれをつけたイルカ、フジを見るために。このイルカ会いたさに、息子は小遣いを貰うのもやめ、大好きなアイスを食べるのをやめたんだっけ……。あまりの紫外線の強さに親子3人あぶられたような有様になり、毎晩焼けた肌に擦れるシーツに悲鳴を上げて過ごしたんだっけ……。

それから北海道の実家へ行ったのはいいけど、旦那の強い要望で札幌から列車を乗り継いで東京まで行って、それから凄まじき11日間があって、帰りも旦那の強い要望で関西空港から金沢新潟秋田盛岡青森経由で北海道へいったん戻ったんだっけ……。大雨でダイヤが乱れまくってね。ふふふ。長かったなあ、北海道への道のり。

でもってイタリアに向かう日に台風11号が上陸してね。イタリアへ戻ったあとも転んで奥歯が折れて、それを歯医者にペンチで抜かれて、頬がリスの頬袋みたいに膨れ上が

写真①

ってるのに姑にあっちこっち連れ回されて。

……で、いよいよリスボンに帰る日に高速道路でブレーキが壊れてタイヤから煙が出たんだっけ。レッカー車に引かれてイタリアの実家に連れ戻されて、修理に何日もかかって、やっと再出発できたはいいけど、南フランスのニームってとこで大洪水が起こってて。

修理したばかりの車で洪水で出来た川を渡ったせいでまた車がヘンになって、着いたホテルの部屋は雨漏りでびしょびしょになってて、車もすぐに整備工場に持っていけなくて、ニームの町は警戒警報で真っ暗で店も閉まってて、食べ物屋もなくて……。

で、なんだっけ……。

あ、そうだ。でもって昨日の夜にやっとこの家に着いたんだ……。

「いやいやいや、実に長いバカンスでしたねえ！　お互いの実家に戻られてリラックスされたんでしょぉ!!」

と隣のおやじ。

もうここからどこにも動きたくないよ。

っていうか、この家も留守しているあいだにいろいろ壊れてて、来週早々工事が入ることになってるから、いつになったら心底「リラックス」できるんだかさっぱり目処がつきません。

漫画も締め切りに間に合うかどうか、ものすごく不安なんですけど。

写真②

内容はイタリア人ツアーの話題なんですが、思い出そうとすると脳味噌が痙攣を起こしそう……。

とりあえずまたこうして自分のパソコンに触れることができただけでも有難し。mixiに没頭して我を取り戻そう（漫画もね☆）。

がんばろう……。


旅行の写真。

写真①イタリアン・レストランでの集合写真（なんか関係ない人も入ってる）。

写真②二条城を見学する我々。

写真③ツアーで最もワガママだったオバサン。

いまのBGM、坂本九メモリアルベスト（東京見物中に衝動買い。よほど疲れていたんだと思う）。

写真③

イタリア人ツアー時の写真

2005-9-12

イタリア人ツアーネタで漫画のネームを描いていると、あの恐るべき日々の様子がどっしりとしたリアルさで、頭蓋骨を破裂させるのではなかろうかと思われる勢いで、脳味噌に膨れ上がってきます……。

おそろしや……。

カメラも一応持ってってたんですけど、私自身は手にすることはただの一度もありませんでした。そんな「自分のことを考える」時間は1秒たりともありませんでした。

参加者のひとりだった旦那の妹さんが親切に自分の写真をCDにおとしてくれたので、前回に続き、そこから何枚かご覧いただきたいと思います。

最初の写真は金沢滞在時のものです。

旅館は金沢で一番の老舗旅館「すみよしや」、これはもう、ほんっとによい宿でした。市場が裏だったんで、夕食が金箔ちりばめた刺身なんかでねえ～。でもぜんっぜん味わった感がしなかったのが残念です（座敷でくつろぐ参加者の様子参照）。絶対にいつか、個人的に行きなおすことにします。

駅から旅館まではジャンボタクシーで移動しました。

手前、左にいるのが老舗旅館の格子戸越しにストリップ・ショーを披露してくれたブラジル人（陽気なバイーア州出身）のジョルジーナ。夫のために6万円もする新幹線の模型を買って帰りました。そして次ページ右のグラサンはエレナ。

このエレナがね……ちょっとボケが入ってんだかなんだか知りませんが、

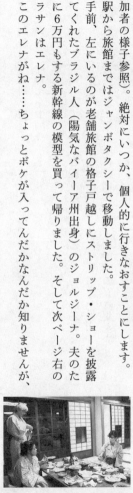

東京に到着後、新宿高層ビル街を仰ぎ見つつ、

「すごいもんだねえ〜中国は……」

と感無量の様子でした。

何度も「ここは日本ですよ」と繰り返しているのにもかかわらず、その後もずーっと、「中国の写真集を買いたいんだけど、どこに売ってるかね」と私にしがみつき、しまいにはほんっとーに中国の写真集を売りつけてやろうかと思いました。

しかも京都で、

「今晩どこぞで舞妓ショーやってるみたいなんですけど行きますか?」

とロビーに集まった参加者たちに聞くと、

「わざわざこんなとこまできてねえ〜。そういうショーはどうかしらねえ〜」

とエレナが言うので、「え? どうしてですか?」。

嘘みたいなオチで笑うことすらできませんでしたが、彼女は「マイケル・ジャクソン・ショー」と思ったんだそうです。イタリア人はマイケルと英語でうまく発音できないので、「マルコ」と「マイケル」をかけて「マイコー」と発音する人もいるようですね。

もう腰が砕けそうになりました。

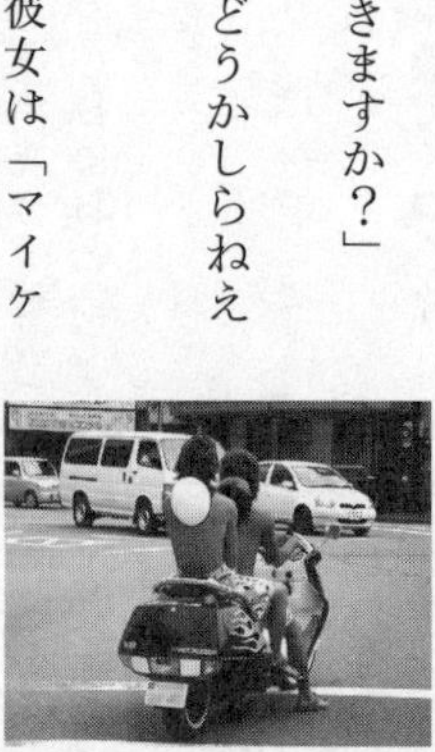

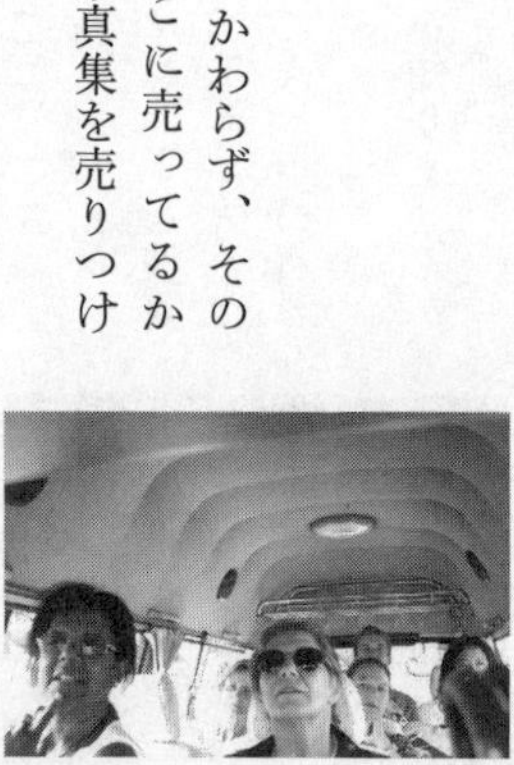

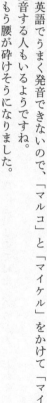

エレナはいまごろお友達に楽しかった「中国旅行」の写真を見せていることでしょう……。

根は気のいいカーさんなんですけどね。文化的旅行をするにはちょっともう年かもしれないですね。

最後の写真は、旦那の妹さんが激写したバイクのふたり乗り。いろんな人がいるもんだな、日本って。

姑の名のついたハリケーン

2005-9-23

昨日の姑からの電話が妙にハイで恐ろしかった。

「今度のハリケーンはリタだってさ!! やーねーもうっ。人の名前勝手に使って失礼しちゃう!!」

弾んだ声でそう言って大笑いをしている。

怖い。

まさにハリケーンと会話をしている気分になってしまった。

早く通り過ぎてくれないだろうか、このハリケーン。ニュースとか見る気になれないんだけど。アナウンサーからこの名前が出るたび胃がちくちくします。

気晴らし

2005-9-26

ここ最近ごちゃごちゃ面倒臭いことが立て続けに起きたり、朝も子供の学校があるため7時起床で夜型の体質にはかなりこたえるのか、なんか80歳の婆さんにでもなったかのような体力のなさと疲労感でいっぱいいっぱい。

しかも必ず内容の濃い夢を見ている最中に目覚ましが鳴るから、一日その濃い夢の余韻を引きずって過ごしている。

ちなみに本日は20歳頃に彼氏がいたにもかかわらずこっそりと惚れてた男に再度めぐりあって動揺する夢。

どうでもいいけど、結末まで至らず話が途切れるってのは気持ち悪いものだ。

海に連れてってくれと旦那に頼んで近所の浜辺まで行く。

結構もう涼しいのに泳いでる人たちがいる。

打ち寄せる大西洋の波を見ているうちに、「わーっ」と叫んでそのなかに突入していきたくなるが、子供がいるので衝動を抑える（母になってない頃の私なら絶対やってただろう）。

活字の飢餓感を感じてなんでもいいから無性に読みたくなり、ここに住んでいる日本人からもらった『文藝春秋』3月号に出ていた芥川賞受賞作品をどっぷり読み込んだのがいけなかったのか。借りてきたDVD『夜になるまえに』が衝動的だったからだろうか。でもハビエル・バルデムの演技の素晴らしさに深く感動。長い期間、触発不足だったので少し満たされた感があった。

でもね、こんな気分のときには『オースティン・パワーズ』でも見るのが一番いいのかもしれないですね。

ああ、カラオケ屋があったら！！！

原始人の恐怖がわかった

2005－10－4

朝、子供を学校にやって、漫画の担当Mさんと電話を終え、着るモノが底を突いたので仕方なく、溜まった洗濯物にアイロンをかけていると、なんだか外が薄暗くなっていきます。

どんどん夕方のような光になっていく。

しかもだんだん寒くなっていく。

吹き込む風が妙に冷たい。

空は雲ひとつない晴天。だけど空の青さも水色からどんどん暗めのグラデーションになっていくではないか……。

怖くなって窓を閉めるが、それでも外はどんどん暗くなるばかり。おまけにむかいの窓のオバサンも不安げに空を見ている。

なにが起きたのか⁉

もしかしてインデペンデンス・ディか⁉

宇宙戦争か⁉

ふと見るとむかいのオバサン、いつの間にやら3D映画を見るときにかけるような怪しい紙製のグラサンをつけて空を凝視している。

あのグラサンはいったい……⁉

もしやと思ってテレビをつける。

本日に至るまでなにも知らなかったが、近所の雑誌屋がただでこの瞬間のための紙グラサンを配っていると知り、走ってそれを調達し、私も遅ればせながら金環食チェック。

イベリア半島だけだったんですね、これが見えたの。

一瞬マジで怯えたわたくしであった。

いろいろと恋しい秋

2005-10-26

今日から家中の窓が取り外されます。

なぜなら去年の屋根と壁のある家のなかにいながらにしてホームレス生活のような思いを強いられる冬の寒さに耐えかねた辛い経験を思い起こし、今年はせめて1930年代からそのままになっている表面ぶよぶよの窓ガラスを最新型二重ガラスにしようと決意したからです。

だけど窓のある状態のいまでさえこんなに家のなかがすーすーうすら寒いのに、3日間も窓がなかったらどうなるんでしょうか。

しかもポルトガル人的3日というのは、実際は倍、ないし3倍を意味しています。だから少なくとも1週間は窓がない生活を送らねばならんのです。

そろそろ去年必死で作った自家製コタツ出すしかないか……できるだけ使用期間を短縮させたかったんだけどな……。

寝るときは去年やったみたいに新聞紙と毛布の重ね寝かな……。

そんな思いの合間を縫って最近なぜか毎日濃い夢を見ています。

ムカシ惚れてた異性数名が入れ代わり立ち代わり出てきます。

心臓が疲れます。

私にとって秋はそういう季節みたいです。

お誕生会しっちゃかめっちゃか

2005-10-31

今日は息子が生まれて11年目の日だ。

なんでこんなに「あっ」という間に月日が過ぎるのか。

あの恐るべし出産がもう11年前⁉

……つい昨日のことのような気がしますよ……あおそろしや。

昨日誕生会を開いてやり、学校から3人ほど呼んで大騒ぎ。

猫はうちではめったに聞かれぬ子供の嬌声にびびってごみ箱に籠ってしまいました。

最初はみんな折り紙などを折ってしおらしくしていたのに、最後にはモデルガン発砲大会になり、しまいには「家でもやりたいから貸してくれ」と言われてモデルガンを2丁貸し出し。

今朝になって旦那が、「……やっぱり貸してはいけなかった気がする。彼らがヤバい道に進んでしまうそのきっかけになりたくない」と不安がりだし、朝っぱらから保護者の御宅に電話して、「遊ぶときには必ずご両親立ち会いのもとでサングラスをかけながら行ってください」と念を押す。

旦那はつくづく早死にするタイプだと思う。

巨大ピザを作ったりケーキを用意したりBB弾の後始末をしたり、とにかく異様に疲れたが、11年前の出産を思い出すとこれくらい米粒ほどの疲労にも値しないと開き直るものである。

サルサで爆発

2005-11-5

リスボンのサルサ・スクールに入って、足の親指の爪が鬱血するほどがっつり踊ってきました。

なんせここんところ、1枚のネームを描くのに2日もかかるし、頭痛はするし、家に窓はないし、寒いし、食欲は旺盛になるし、うっぷんたまりまくりの状態だったので、これはひっじょーに良きストレス解消になりました。

しかも今回は息子と旦那を初級クラスに入れることに成功。

これでもう家でひとりで踊らなくてすみます。

しかし、踊っていて焦ったのは、腰が急に痛くなったこと。ギックリまでいかなくても、急に動かしたために筋肉がヘンに捩《よじ》れた感じ。

やっぱりあたしの体は着実に老化しているということかもしれません。

だけど会場には70代くらいの紳士もいて、カクシャクと踊ってらっしゃいました。

そのむかし無謀にも参加した10キロマラソンで、「頑張ります80歳」のタスキをかけた老人に抜かれてショックだったことがありますが、それに似た焦りを覚えずにおれません。

しかも私ったら、メンバーズカードの生年月日を「こういう非公式な記入でしかできないチャンスだ!! チャレンジ!!」と、勢い余って10歳もサバをよんで記入してきてしまいました……。でもって旦那の書き込みをちらっとのぞくとなんと実際より5歳年上にしているではないですか。「これで年齢差のやばくないカップルだ」と喜びながら……。まあいい。とにかくちょっとはスッキリしたので、明日こそ頑張って仕事をしようと思います。

本日一日を振り返る

2005-11-17

という単純な日記もたまには書いてみよう。

朝7時、いつもどおり目覚ましの鳴る2分前に起きる。寒い。しかも猫が布団のなかに入って足もとでうずくまっている。そんなに昨日は寒かったのか。

小走りに居間へ行ってウルトラ臭い灯油ストーブを点火する。

夏休みのあいだ、うちに2週間滞在していた人が窓の下から吹き込む隙間風におののき、哀れに思って買い置いてってくれたものだが、排気のチューブもなにもついてないので、30分もすると頭痛がするほど部屋が灯油臭くなる。だけど寒いから仕方がない。換気のために窓を開けるとまた寒い。どうしようもない。

子供の学校鞄を整理していると「まだ返してもらってない」はずのテスト4枚発見。旦那にみっちり叱られる。

子供が学校に行ったあと、漫画のネームをぼんやりと考える。昨日イタリア家族漫画を仕上げたばかりでホッとしてるからなのか、集中力が散漫。

CDでサルサをかけて気晴らしに踊るも、隣の部屋でアラビア文学の論文を執筆中の旦那から「BASTA!!（いい加減にしろ）」と怒鳴られてストップ。しかも「床がずしんずしんして怖い」と失礼なことまで言われる。木の家のせいであって、私の体重のせいではないと言い訳しそうになるが、やめる。

仕方ないので、ずっとやりかけのまま放ったらかしていたもらいものの1000ピースのパズルを一気に仕上げる。モチーフはルーヴルにあるパオロ・ヴェロネーゼの『カナの婚礼』。

気の遠くなるほど人物がたくさん描かれた絵だ。

むかしやってた絵画の修復を思い出す。

これをくれた人にじわじわと憎しみがこみ上げてくる。

おかげでひどくストレスと肩こりがたまる。

引き続きネーム。

昼飯は昨日の残りのクスクスを用意するも、旦那がものすごく嫌そうな顔をするので、彼には一昨日の残りのヒジキと白米を食べてもらう。

その後、ソファーに横になって澁澤龍彦の『エロスの解剖』を読む。これで4回目。

学校より子供帰宅。全体から学校臭さが放出されている。今朝のテストのことを気にしているのか、妙に静かだ。

そうこうしているうちに夕暮れ。窓の外がわざとらしいほどのピンク色になっている。デジカメに撮っておく。

「大変だ、宇宙戦争だ！」と隣の窓からおなじ光景を見ていた旦那がわけのわからんことを叫ぶ。

もう今晩のメシのことを考えねばならない時間になってしまう。

面倒臭いから今日もピザだ。

イタリアに住んでいたとき、シチリアのオバサンから伝授されたピザは週に一回の割合で食べていたが、漫画で忙しかったこともあり最近は結構頻繁に食している。

ものすごく簡単だからだ。

旦那と子供は今晩の献立をいまだに知らされていない。

匂いが漂ってきたら、自然に諦めてくれるであろう。

以上。

結局仕事らしい仕事はできませんでした。ははは……。

自由に晴れ晴れトイレがしたい

2005-11-29

ここらへんはもう、クリスマス一色です。

通りには見たこともない物売りオバサンが歩いていたり、どこもかしこも電飾だらけ。

誰もかれもどっからそんなお金が湧くんだろう、と思うようなプレゼントの買いっぷり。

いまのうちに買っておいてツリーの下とかに置いておくんだろうけど、なんか気が早過ぎないだろうか。

いまからそんなに焦って買っておかないと、売り切れたりするんだろうか。そんなことあるまい。

などという冷やかし気分で街のショッピングセンターをぶらついたのち、家に帰ったら水が出ない。

一滴も。

なんだ⁉ どうしたんだ⁉ ハルビンみたいに河川汚染か⁉

クリスマス気分にふさわしくない一抹の不安がインクの滴《したた》りとなって我々の心を濁す……。

な、なんと……うちのトイレの床下を通っている水道管が壊れて水が噴出し、下のふたつの部屋が水浸しだという。

「もうあんた、雨よ、雨!! きーっ」と1階のオバサンに声を荒らげられるが、そんなこと言ったって、床下の水道管のことまでわからんわい!!と思う。

2階のおねえさんはいつも不在で家には入れない。だけど3階の我が家の水道管が壊れたってことは、このおねえさんの家がまずえらいことになって、でもって1階のオバサンとこに雨が降ってるわけですよ。

慌てて保険屋さんに電話する。

保険屋さんが下水工事の人を回してくれるらしいが、その壊れた水道管が完全にリペアされるまで、うちの水道は一切使えません。

土曜に壊れて、今日で3日目。

来ません。だれも。

電話で催促しても、「順番待ちです」って。そんなに下水管壊れてんの⁉

我々に同情した隣のオジサン（45歳独身）が親切にも水をありとあらゆる容器に入れて提供してくれるのはいいけど、こっちはあんた、フロに入りたいんだよ、フロによ!!

銭湯ないのかよ、ポルトガル!!　かーっ……。

というわけで、今日、隣のオジサンが、「留守をしているあいだは水はいくらでも汲んでっていいよ」といって、親切に渡してくれた鍵で侵入し、こっそりシャワーを拝借する。

別にこっそりじゃなくてもいいんだろうけどね。一応彼女もいるみたいだしと思って、本当にさっとシャワーだけ。

仕上げに毛類を徹底的に排除して、床をピカピカに拭きまくって退散。

ちょっとすっきりするが、やっぱり黙っているとイライラしてきてしょうがない。

いったいいつまで水なしでいなければならないのか、皆目わかりません。これが砂漠なら文句は言わん。だけど、文明社会で水が出ないのは嫌だ。

水がないと生活って難しいもんですね。

12月リスボン夜景

2005-12-3

水道屋がやっと来て修理してくれましたよ。

トイレにでっかい穴を開けたまま帰ってったけど、これはいったいいつ埋めに来てくれるんだろう。

でもそんなスケールの小さいことではもう悩みません。

穴ぐらい。

なんたって水が……水が出るんですもの。

これで好きにシャワーを浴びられたり食器が洗えたりトイレができたりするのだと思うとね。ほかにはもうなにもいりません。


清々しく今日はサルサの日。

早めに出て、コメルシオ広場という場所に飾られた、でっかいクリスマスツリーを見に行く。

その場に着いたとたん、急にクリスマスなんだな〜という気持ちが湧き上がる。

街中ビング・クロスビーの歌うクリスマスソングが鳴り響き、ムーディーな演出の圧力を激しく感じる。

ああ、クリスマスか。またうっかりしてるうちに年末だ。あーあ。

しかしそんなクリスマスな切なさはサルサ教室のドアを開けたとたんに吹っ飛んだ。

今日は褐色のキューバ人の先生が来てて、散々振り回されて三叉神経がおかしくなり、
しまいには吐き気を催した。ずっと運動不足だったし。ずっと仕事ばっかりやってたし。

ずっと水道のことでハラ立ててたし。

でもすっきりしました。

という一日。

イタリア・クリスマス帰省便り

2005-12-30

バカンス……。

人様からみたらバカンスなんですよね、きっと。

10日間も家を空けて北イタリアへ行くってことは。

でもあたしの場合は違うんでした。

ぜんぜん見当違いなんでした。

イタリアで年末年始を迎えるのは極力避けたいんですけどね。家族の絆に逆らうと姑からひどい目に遭う（息子を拘束した罪）ので、行

写真①

かざるをえなかったってんでしょうか。

　せめてもの救いは年始前に帰ってこられたことです。

　毎日20人分の料理を作り、毎日アヒルとニワトリの餌をやり、毎日96歳の婆さんの話相手をさせられ、加えて大嫌いなスキーにも連れて行かされ、大掃除を手伝わされ、太らされ、家族全体の大喧嘩に巻き込まれ……。

　ワインだけは死ぬほど飲んできましたが。


　楽しげな写真だけアップしておきます。

　写真①訪ねてきた友人親類たちと。

　写真②家のなかにあるカルチェットという卓上サッカーで白熱する小姑とわが息子vs.ブラジル兄弟。

　写真③姑の育てる熱帯植物とカルチェット。

写真②&③

人生のキーワード　それは「猛烈」

2006-1-4 ~ 2006-12-16

【ありがとう】ってポルトガル語⁉

2006-1-4

ちょっと前の話ですが。

スーパーのレジで並んでたら、うしろのおっさんからいきなり声をかけられた。

「あんた日本人かい？」

「はい……」

「日本で使ってるポルトガル語、結構あるんだってね」

「ええ……パンとかボタンとかコップとかっすかね」

「いや、ほら、もっと大事なのがあるでしょ」

「大事⁉」

「そう、毎日使うようなやつだよ」

答えに窮しているのに見かねてバーンと背中を叩かれた私。

「アリガトウでしょおーっ‼」

「ええっ⁉　アリガトウ⁉」

「そうだよ、きちんと覚えておいてね‼」

……ポルトガル語でアリガトウは Obrigado（義務）という。確かに「オッリガート」と聞こえることもある。

だけどほんとか？　オヤジ、通りすがりの他人にウソ教えてんじゃないだろうね⁉　私はアリガトウってのは仏教由来の「有難し」、つまり「稀有な」「ありえぬこと」っていう意味なんだと思ってたよ……てネットにもそう書いてありますよ‼

でもポルトガル人は全員、日本人の「ありがとう」は「Obrigado」に由来してると「確信」してます。カステラやボタンの次元の話じゃありません。そんなものはポルトガル人にはあんまり重要じゃない。

「ありがとう」という日本人にとって大事な言葉がポルトガル語を語源としてると思うことによって、彼らはポルトガル史上唯一の繁栄期、大航海時代の誇りを感じるみたいですね。

それが本当なら織田信長あたりが流行らせた可能性がありますね。ワインをがーっと飲んで、「オリガート‼」とか叫んでたんじゃないだろうか……。

懐かしのシリア・ヨルダン写真

2006-1-26

パソコンがまた壊れたこと以外はなんの変哲もない日々です。

インターネットが使えなくなった代わりに仕事に没頭できたという利点はありますが、私にとっては唯一社会との接点とも言えるパソコ

写真①

ンなので、ちょっと島流しになったような気にもなりました。

むかしは月に一度送られてくる新聞だけであんなに満たされていたっていうのに……。

で、いつお陀仏になるか知れぬパソコンのなかの情報をいま一気に整理しているのですが、ファイルを開けていくうちになんだか懐かしい記録が山のように出てきてびっくりしました。

このときはなんだかデジカメも調子が最高潮に良かったみたいで、画像も美しいです。もしよろしければ見ていってください。

2003年の春です。

旦那がシリアのダマスカスに住んでいて、そこを拠点にヨルダンまで行ったときの写真です。

この旅の特徴は、どこへ行っても観光客にほとんど出会わなかったことですね。なにを掘り返してこっそり持っていったとしてもわからないくらい誰もいませんでした。

写真①南シリア、古代ローマ、ボスラ遺跡。残されている古代ローマ劇場では保存状態世界一。

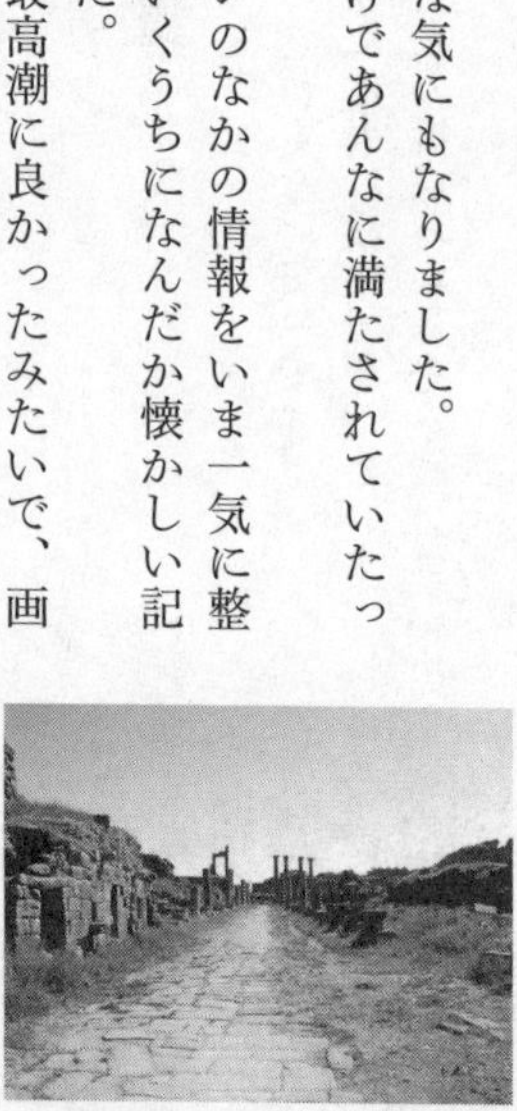

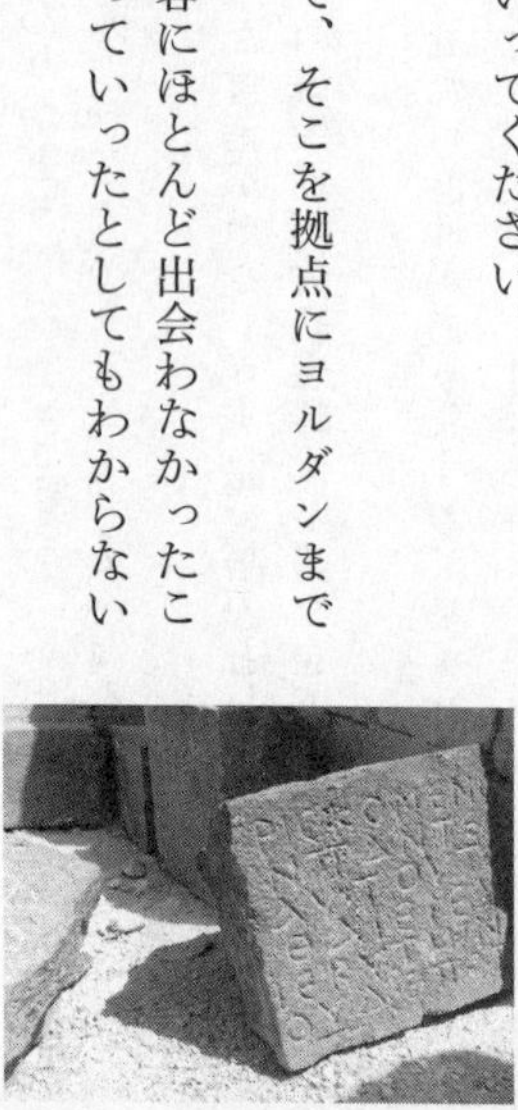

写真②&③

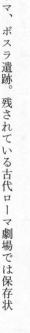

写真②その周辺。
写真③そこら辺にごろっと落ちてる石碑。

ヒミツノート

2006-1-30

私が小学校2年生のときに熱心に書きとめていた日記、その名も「ヒミツノート」。当時の担任だった先生が子供たちにつけさせていたこの日記に目を通して、いろいろコメントをするというシステムになっていたようです。

探したら続々出てきました。

このノートなんて「7」って書いてあるから、7冊目ってことですよ。しかもこのときから自分の名前をカタカナ表記にしている。フルーツとウサギとスヌーピーがお気に入りだった様子。ヨコマスはなんだかわからん。

よく読んでみたら、日常の出来事ばかりでなく、ヘンな創作文みたいなのもありました。

「きょう、こういゆおはなしをまりがつくりました。ちきゅうがなく

なってまりひとりになったらてゆうだい。

ある日本に（山崎まり）という女の子がいました。そのこはちきゅうぎをもっていました。ちきゅうのことがかいた本ももってました。ちきゅうのひゃっかじてんももってました。

そのときとつぜんゴーというおととともに、ちきゅうがわれてうみにしずんでしまいました。

まりはいそいでビニールぶくろをもってきて、いそいでくうきをいれました。てんじょうから、ビビガンガンバンバンというおとがしました。まどをあけて、そのくうきをいれた、ふくろをもってからだにいれて、かるくなりました。

かぜとともにまりはどこかにとんでいってしまいました。あまりにもすごいおとなのできをうしなってしまいました。（先生のコメント・よくわかんない）

ゆっくりとついたところはただなにもない、まっしろなところでした。まりはひとりぽつんとまんなかにたっていました。

するとセーターのなかから、ぐちょぐちょになったビニールブクロが出てきました。

「あっそうか、ちきゅうがなくなっちゃったんだ」とまりはおもいました。

だれーもいない。

ただまりひとりしかいない。

するとむこうから、おいしいたべものがどっさりころげこんできました。
わたしひとりしかいないから、ありがたいとおもいました。
つづく」

このときから、作り上げたプロットに「言いたいことが読めません」と編集者に指摘される要素をふんだんに備え持っていたようです。擬声音や擬態音に依存しがちな文の傾向もこのときから現れています。あと利己的な要素もかなり具体的に表現されています。

30年前の私はいまもおなじです。

続・ヒミツノート

2006-1-31

キリがないなと思いつつ、せっかくだから続編。

しかも「ヒミツ」だけでなく「ガンバリ」ってのも出てきました。コンセプトはどちらもおなじ。

それにしても、どうしてこんなムカシのものが詰まったハコをポルトガルまで送ってしまったのか疑問です。引越しのとき、うっかり実

家宛てのものも混ざってしまったのではないかとにらんでいます。

ヒミツノートがすべてチラシのウラでカバーされているところからうかがえるように、とにかくうちの母親は俗っぽいものを嫌う人でした。『暮しの手帖』を創刊号から読んでいる人ですからね。キャピタリズムなファンシーグッズなんて娘には絶対買ってやらない。

だけど私だってスヌーピーのバインダーが欲しいわけですよ。

おそらくモーレツな衝動に駆られたのでしょう。

画用紙で作った手作りスヌーピー・ファイル。

シュルツのサインだけでなく、「道元：サンリオ」というメーカー名まで書かれています。

ヒミツノート内の日記をもう一つお披露目。

「きょうえんそくからかえって、ゆう子ちゃんとまんざいをしてあそびました。

……

どういうわけか、まやちゃん（妹）とけんかをしました。さいしょはまやがわるいのに、まりのせいにされてしまいました。わたしはどういうわけか、しばらくたつと、かなしくないのになみだがながれました。またしばらくするとおおごえで、ないてしまいました。いまのまりは、こころが入れかわり、ままがきらいになったきもちになりました。いいこころにかくれていたのは、あくまでした。あくまはいいこころをゆすっていました。わたしはそのとき、いえでをしようと思いました。でもいえでを、したら、なにもたべられなくなるからやめました」（先生コメント・そうだよね。いえでをするときはせんせいにでんわしてからにしなよ）

いいこころをゆするという表現の出どころが気になります。

それと、どうもこの「ゆう子ちゃん」とは毎日のように遊んでいたようなのですが、まんざいをしたような記憶はありません。ゆう子ちゃん、いまはどこでなにをしているのやら。

私が似ていると言われる人たち

2006-2-4

風邪で絶不調です。

ショウガが喉に良いというので、紅茶にウイスキーとショウガとハチミツを混ぜて飲んだんですが、なんか余計気持ち悪いです。だけど今日はこれから映画『SAYURI』を見にいかねば……。

ところで去年、お友達から「この作家の写真をみてたらあなたを思い出しました」と本が贈られてきました。

ブラジルのベストセラー作家パウロ・コエーリョ。

別の人にも私が彼にとても似ていることを指摘されました。

目の垂れっぷりが似ているかもしれません。

だけど……嬉しくないっていうか……いや、かわいくていいんだけど……たしかに自分でも似てると思うんだけど……ブラジルのおっさんかあ〜っていう感じっすねえ……。

20代の頃はアルゼンチンの作家ボルヘスに似ていると言われてました。

やっぱり目の垂れっぷりのせいかと思われます。

日本にいたときは裕木奈江に似ているとしきりに言われ続けましたが、これは大変迷惑でした。

でも目の垂れっぷりだけは似ているかもしれません。

最近では『トランスポーター』という映画に出ているスー・チーに似ていると言われました。これはちょっと嬉しかったです。

1975年『暮しの手帖』の不思議

2006-2-26

今年73歳になる私の母が創刊号から愛読していて、すべて保存してあります。そのうち2冊だけちょっと拝借中なんですが、ほんっとにこの雑誌って読みどころ、見どころ満載で感心してしまいます。

子供のとき、娯楽的要素の強い子供用雑誌をなかなか買ってもらえなかった私と妹は、仕方なく母のこの愛読雑誌をめくって育ちました。

そんななかでも興味があったのはやっぱり『暮しの手帖』ならではの特集ともいえる「テストする」コーナー。

なぜこのコーナーがあれだけ子供心を興奮させることができたのかよくわかりませんが、大好きでした。暮しの手帖編集部が新しくリリースされた電化製品や食品を買い集めてきて大変な時間と労力を費やしながら分析し、にもかかわらずその結果がなかなか「これは買いです！」とはならない。

「スーパーのパック入り牛肉はどんなふうか」という特集では、徹底的に都内のスーパーから肉のパックを買ってきて、開封して肉を広げて写真に撮る。そして小見出しは「開けてみたら中身はこんなにひどい」。結論＝「パック入りしか売ってない店ではもう買うのをやめよう」。

鯵を焼くテストを行ったり、当時にしてみれば画期的な電子レンジにいたっては、「やっぱり奇妙で愚劣な商品でした」。だけどアルミの蒸かし釜は「戦時中はごはんやお芋を蒸かしてくれた――やっぱり台所になくてはならぬもの」。

昭和一ケタ生まれの母はたぶんこういったテスト結果を忠実に守っていたはずです。このようなテスト記事に接するたび、なんという世知辛い世の中なんだろうと子供ながらに思ったものですが、高度成長期からオイルショックを経た日本の暮らしが結構シビアなものだったことがうかがえます。

そんなわけで今日は天気も悪いし、仕事もはかどらないし、暇つぶしのつもりで久々に、いやあ雑誌も取っておくものだなあ〜、花森安治ってすごいなあ〜、と思いながら色の悪い肉の写真など凝視しつつ、この1975年の『暮しの手帖』をパラパラめくっていたわけです。

すると、突然なにか意表をつくものが視線を掠めたような気配がして、めくりかけたページに目を凝らしてみました。

「飛騨の高山でいまいちばん読まれている新聞」という特集に掲載されている写真の一枚。

そこには「中橋の上で」とキャプションがある以外なにも書かれていません。

だけど、よく見るとなんかちょっと1975年にふさわしくない服装の人がいるじゃないですか。

しばらく見つめてから旦那を呼び、「この人なんだと思う?」って聞いたら、「芸人じゃないの? サムライ屋敷の」って……。

それにしてはこの髷を結いなれたような額の広さ、着物の質感……。ショーに出演している人にしては地味すぎやしないでしょうか。

1975年。私は8歳。

タイムマシンがあったらこの年の高山に行ってみたいと思いました。

仕事部屋の下から聞こえる

2006-3-11

音ではなく、声です。

男女の声です。

ベッドのきしむ音です。

朝も夜もずっとです。

愛のコリーダ状態です。

ぜんぜん仕事に集中できません。

耳栓してますけど、それでも聞こえます。すごいです。

あ、で窓のむかいには写真のような人が住んでいて、いつも昼時に起きてきて、こういうスタイルで通りを眺めています。

ママとふたり暮らしみたいですが、このあいだサーフボードを抱えて歩いているところをすれ違ったので、サーファーらしいです。

なんっつーか、みんなサカリの真っ只中です。

怪奇現象

2006-4-9

朝起きてパソコンをつけようと思ったら起動してくれません。

つい一週間前はモデムがぶっ壊れて、慌てて買い換えてインストールし直し、とりあえず安心していたのですが、その直後に旦那のパソコンが突如起動しなくなりました。

そして今日は私のPC。

たぶんバッテリーがもうお陀仏なのではなかろうかと思われるのですが、真相は明らかではありません。

大体、替えのバッテリーなんてこんなところで調達できるんでしょうか。

旦那のパソコンは直ってくれたので、日本語で入力できるようにして、かろうじていまこうして日記も書けていますけど、またどうにかなるのではなかろうかと不安はつのり続けます。

それはさておき、家で腐ってても仕方ない、外は雲ひとつない天気だし、外にでも行こっかと思って、3台ある携帯のうちのひとつを選ぼうとしたら、様子がおかしい。3台とも全部画面が暗いまんま。アダプターついたままの状態で。

何度やってもだめ。

信じられないことに3台とも使えなくなってました。

うちにある電化製品は壊滅の危機に瀕してます。ファックスはすでに壊れてるし、デジカメも調子悪いし。

これを機に原始生活からやり直したいと思います。

8万円の修理代⁉

2006-4-18

東芝海外サポートセンターの優しいお兄さんのアドバイスでいろいろ操作してみたら、

直りました。

っていうか、根本的にはバッテリーを取り替えなければやっぱりダメみたいなんですけどね。それはあとでゆっくりやります。

東芝ポルトガルでは修理に500ユーロ（8万円弱）かかるって言われて、そんなとき金持ちなら、「ま、仕方ないか」って払ってしまうんだろうけど、なんせこれで3回目ですから、新しいPCを買ったほうがよっぽど安上がりになってしまうわけですよ。

それが国際電話一本で解決してしまいました。

こういうとき、日本って「いい国だなあ〜」と心底思います。

東芝ポルトガルに対する憤怒もこれに免じて解消。

さようなら、つかの間の原始生活……。

バチカンTV取材　その1

2006-4-28

死ぬかと思うくらい疲れました。

でもむかし勤めてたTV局ということもありますから、お願いされたら、やっぱり断れません。

二言三言で、「いいですよ、やります」と答えはしたものの、リスボンからローマ・バチカンでのTV取材の遠隔コーディネートは半端

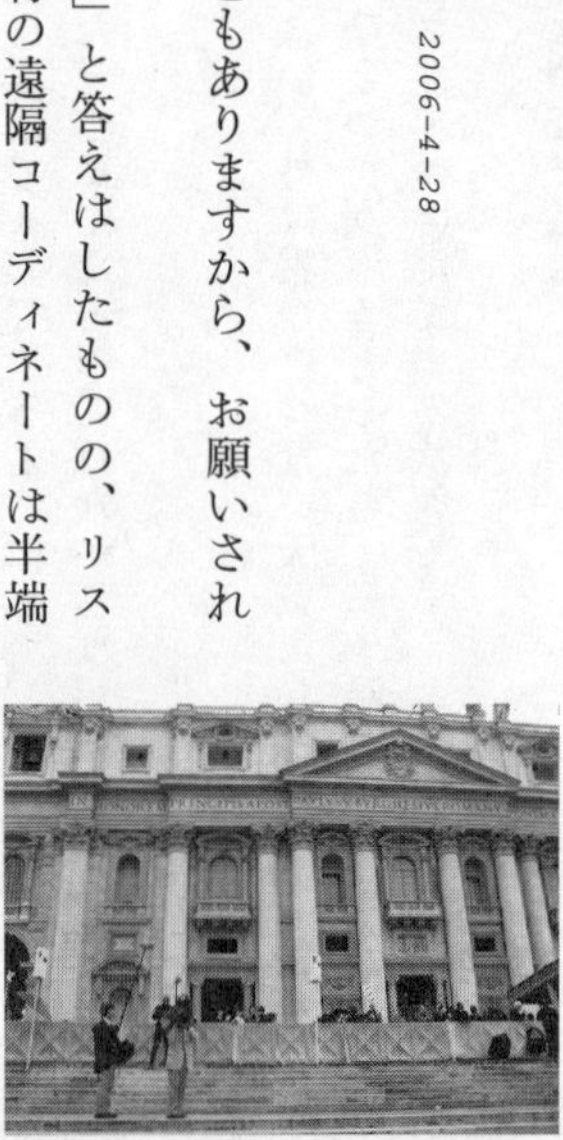

じゃございませんね。日本では「おなじヨーロッパだし」みたいな解釈をされがちですが、要するに「日本から北京での取材をコーディネート」みたいなもんでしょうか。私もいつもの悪い癖でつい、「ま、なんとかなるでしょ」というノリで引き受けてしまったのですが、終わってみてつくづくその大変さを身に染みて感じております。

要は日本から来た子供たちのコーラス・ミュージカルグループが、バチカンにおいてローマ法王謁見の機会に一曲歌えることと、その決定的瞬間をテレビカメラに収めること、これが私に課せられた使命だったわけでございます。

法王庁にはあらかじめ日本在住のお偉いイタリア人枢機卿からお手紙が送られていたので参加はオッケー。あとは報道の取材許可、そしてどこで歌をうたえるのかなどのタイミング調査、そういった細かいことをしなくてはなりません。

こういう準備は遠隔操作でも電話のやりとりでなんとかなりました。

謁見の4月26日当日。

雨のバチカン広場に総勢5万人の観衆。そのうち、なんらかの申請を通して謁見許可チケットをもらっている団体だけが、広いサンピエトロ広場半分の前方部分にしつらえられた椅子に座れるということになっております。

我々子供ミュージカルグループは、法王がお座りになる幕の真下部分に座席指定されておりました。さすが日本のお偉い枢機卿経由！　マイクもセッティングされていて、法王様からもばっちり見られる場所です。

彼らが法王に準備してきたオリジナルソングを歌えるのは、参加団体の名前が読み上げられたその瞬間のみ。何百何十とその場に来ている団体すべての名前が次々に読み上げられていくのですが、彼らは呼ばれたら即座にその場に立ち上がって45秒くらいで歌を披露せねばならんのです。

彼らはそのために必死で、名前を呼ばれたらすぐに立ち上がって45秒間歌をうたう練習を重ねてきました。

しかも間違いがないようにと、この日のために、ローマ在住何十年の「私にすべて任せてちょうだい」という60代後半の日本人のオバサンが非人道的な莫大なギャラと引き換えに先頭に立ち、音頭をとる手はずになっていました。

私は取材班のひとりなので、カメラや音声の人と一緒にあっちこっち移動しなければならないのですが、まずは声がかかったら立ち上がることになっている彼らと法王のショットを収めるためにちょうどいい位置でスタンバイしておったわけです。

そうこうしているうちに、たくさんのかっこいいSP（私は法王よりこのまわりのSPやらスイス兵に目が釘付けになってました）に取り囲まれた78歳の老法王ベネディクトがお出ましになりました。

このときのサンピエトロ広場の様子はさながら「法王ロックフェスティバル」。ぎゃー、ピー、ぐわあー、キーなどローリング・ストーンズがステージに出現したときなみの嬌声が飛び交うなかを、法王が「法王カー」に乗ってぐるりと巡回し、寺院の手前の幕の下にそなえられた椅子に着席いたします。

そして、簡単な聖書の言葉があったあと、参加団体の名前がどんどん呼ばれていきました。

フランス語圏から来た団体、ドイツ語圏、英語圏……。

我々の団体は名前が呼ばれたら立ち上がってくれるんだろうか。きちんと立ち上がれなかったらテレビ番組はパーだし、ここまではるばるやってきたこの子供たちの労力は一体……ということになってしまいます。

莫大なギャラをもらってるオバサン、頼むよ!!　と私は彼女を全面的に信用しきって「そのとき」が来るのを待ち構えておりました……。

バチカンTV取材　その2

2006-4-29

その1からの続きです……。

サンピエトロ広場に集まった5万人の観衆と、謁見の参加者が雨にうたれながら、枢機卿によって読み上げられる団体名に反応していきます。

「オーストラリア○○グループ!」

「ウオーッ!!」

「アメリカ××グループ!」

「キヒーッ!!」

名前を呼ばれたグループはその場で立ち上がり、あらかじめ用意してきた横断幕や旗を振って自分たちの存在を、正面中央にどっかと座った法王ベネディクトにアピールします。

だけど私がコーディネートしたチームは歌というワザを持った団体。彼らは名前を呼ばれたら旗を振るかわりに45秒以内で日本から準備してきた歌をうたう使命があります。

そして私たちはその模様をテレビに収録し、6月3日にはオンエアせねばなりません。

心臓の鼓動がどんどん高鳴ります。

失敗は許されません。

耳をすませて「アジア圏グループ」に入っている我々の名前をしっかり聞き取らねばすべてはオシマイですが、一番前には心強い「高額ギャラ」によって雇用されたローマ在住何十年のオバハンが座ってます。絶対大丈夫だろうと誰もが信用しきっているわけでございますよ。

「続きましてはアジア圏、香港のなんたらかんたら」

「いえーい!!」

（く……来るぞ……来るぞっ……）

「ジャパン」

その声を聞いた私、ならびにTVのプロデューサーは飛び上がらんばかりに反応し、グループ後方から「さあ、立って!! 立って!!」とゼスチャーをします。

「サッポロ、チルドレン・ミュージカル……」

「ほれーっ、立って歌えーーーっ。歌ってーーーーー!!!!」

最前列の先頭に座った高額ギャラオバハン、子供たちの指揮者のオバハン、そして数十名の水色の衣装を着てびしっときめた5歳から12歳までの子供たち。

「立てーっ、おんどりゃあ、立ってくれええーーーー!!!」

なぜか誰も立ち上がってくれません。

私の理性を失った叫びも虚しく、舞台上の枢機卿は次のグループの名前を呼んでしまいました。

茫然と立ち尽くすTV取材スタッフ、中腰できょろきょろして動揺の色が隠せない子供らの保護者、そして最前列先頭でじっと座ったままのオバハン。

「ヤマザキ、お前、なんとかして歌わせろ!!」

パニック状態のTVプロデューサーが私の腕を掴みます。

私は一番前の列のオバハンの前まで小走りに近寄り、「なっ、なんで立たなかったんすか!?」と問い質しました。事情を飲み込めない保護者たちが全員眉間に皺を寄せて私に近づいてきます。

「やっぱりさっきのところだったんですよね？　さっきですよね？　ああ、もうだめだ！！！」

「なんで？　どうして？　せっかくここまできたのに!!」

そして肝心のオバハンはすました表情でそこに座り続けたまま、

「あたしはてっきり日本語で言ってくれるんだと思ってた」

……休火山爆発。だが、そこは法王の前。もしそこで理性を失ってオバハンにパンチでも食らわせようものなら、私はあっちこっちを取り囲むSPによってあっという間に外へ連れだされてしまうに違いありません。

このクソったれオバハンの斜め向かいにSPのオッサンがどーんとすわっていて、しゃがみながらオバハンに詰め寄る私に「もとの位置に戻ってくださいよ」と指示をしてきました。だけどそこで諦めてうしろに引き返すわけにはいきません。

「歌うチャンスを逃した場合、もうどうしようもないんでしょうか？」

「無理だな」とスタローン似のSP。

「なんとかならんでしょうか。こうして健気な子供らが雨にうたれつつも歌えるチャンスを待ち構えて、はるばる日本から来たんじゃないですか」

「おれに言われても困るよ」

「……」

もはや保護者も、団長さんも、顔は般若のようになっています。オバハンがまったく無反応なのにさらに腹を立てた彼らは、恐れ多くも法王の前だというにもかかわらず、「このババア!!」「このくそったれ女!!」だの、もう罵詈雑言の嵐。

「あ、でも」と突然スタローンが私に声をかけました。

「式典が終わって、うしろに座っている枢機卿たちが法王の手にキスをするため、行列するから、そのときになったら歌えるよ。法王に聞こえるかどうかはわからないけど」

「もうそれでいいや、それでも歌うしかない!!」とTVプロデューサー。

どよめく保護者を「大丈夫です、大丈夫ですからご安心ください」となだめつつ、その最後のチャンスを待ち構えるしかありません。

「法王が彼らに耳を傾けてるシーンじゃないと意味がないんだよなあ……」とプロデューサーは愚痴りまくりましたが、どんな絵でもバチカンで歌ってることには違いないのですから、諦めて帰るよりはマシです。

謁見の儀式が終わりに差しかかり、いよいよ枢機卿たちが法王の前に並びだしました。

「はいっ、立ってーーーっ!!!」の号令で子供たちが立ち上がります。

すっかり謁見終わりムードのなか、子供たちの歌声が鳴り響きます。45秒しか続かない歌を何度も執拗に繰り返し歌いつづけます。まるで壊れたレコード状態ですが、かまいません。

そのうち我々スタッフのなかに、「これだけしつこくおなじ歌をうたっていたら、こっちに法王が降りてきてくれるんじゃあるまいか……なーんてね」という儚い希望が芽生えてきたりもしました。

歌はつづきます。あらかじめ設置されたマイクを通じてサンピエトロ広場中にいつまでも響きつづけます。５万人の聴衆もすっかり歌を覚えてしまったに違いありません。

「おい、ヤマザキ、法王んとこ行ってこい!!　そしてこっちを見てくれって頼んでこいっ!!」

プロデューサーの目が私を睨みつけています。

どうやら本気でそう言っているようでした。

「え……あの……それはいくらなんでも……」

「いいから行ってこい!!　走って行ってくるんだっ!!」

「あの……それをやったらたぶん私、今夜のニュースに出てしまうことになると思うんですが……」

そのときやっとプロデューサーは正気に戻った顔つきになりました。そう、法王がたくさんの枢機卿と、そしてＳＰに取り囲まれている状況をしっかりと把握したのです。私がそんなところに駆け込んでいったら、「テロリスト乱入」と解釈されて、間違いなく腕を摑まれてどこかに連行されていたに違いありません。

私はもう涙がちょちょぎれていました。

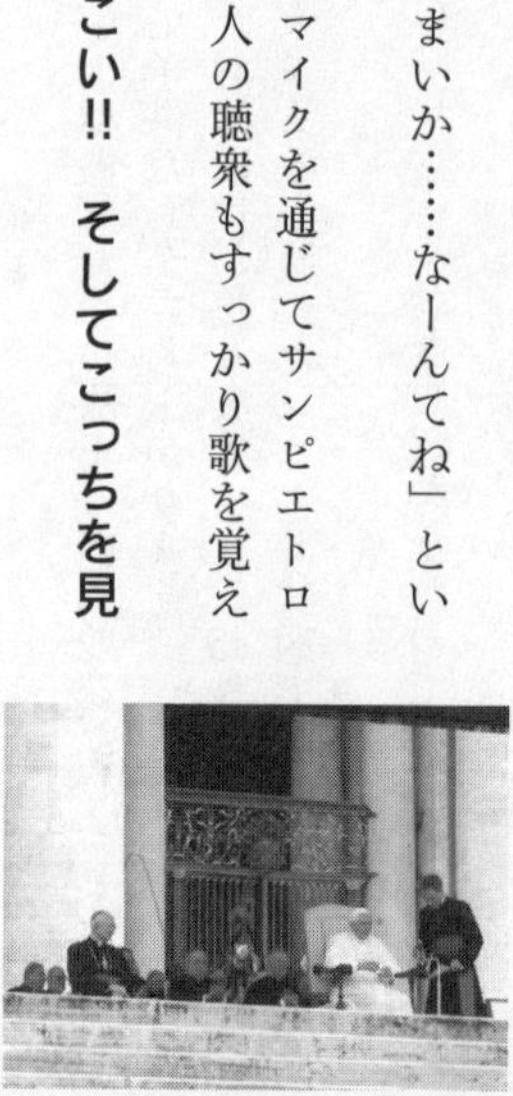

カトリックの総本山、バチカンです。ここで神頼みが通用しなくてなんなのでしょうか⁉

神様、おねがいよ、ここにいるのならどうか私を助けてっ‼

と、そのとき……。

なにやら随分偉そうな身分のオッサンふたり（勲章のようなものを前に垂らしている）がこっちにずんずん近づいてくるのが見えました。

「ヤバいっ、あんまりにもおなじ歌を何十回も歌ったので、ストップをかけにきたんだ！！！」

その場にいた誰もがそう思いました。

偉そうな勲章のオッサンはなぜか私のほうを睨みながら近づいてきます。

「ちょっとあんた、来なさい」

私は仕方なく、そして力なくそのオッサンのほうへ歩み寄りました……。

バチカンTV取材　最終編

2006-4-29

私を呼びつけたふたりの超エラそうなバチカン関係者。

「そんなにこの子らに歌わせたいんだったら、子供たちだけ、法王が帰るときに通られる通路に集まってもらいなさい」

「え⁉」

「法王に子供たちの前で止まってもらうから、子供らだけ私と一緒に来なさい」

「か、かみさま……」

私はまるでミュージカルを演じているかのように両腕をみんなの前で広げて叫びました。

「みなさーん、歌えますって！！！　しかも法王の目の前で！！！」

その瞬間から案内された通路までのことはよく覚えてませんが、子供たちと団長と、そしてテレビ局スタッフ総勢5名が、いっしょに行こうとしたときに、なぜかプロデューサーだけがSPに肩を掴まれてうしろに戻されてしまうところが肩越しに見えました。

「アイアム・プロデューサーサーッ!!　ヤマザキ、待ってくれ!!　なんとか言ってくれ!!」と叫んでいる声が聞こえますが、疲れてしまっている私の足はただただ前へ進むだけ。

「大丈夫、あなたがいなくても立派に映像は撮ってきます」と心で繰り返しながら法王の通り道に移動しました。

そしていよいよ法王が「法王カー」によってお戻りになられるときがやってきました。柵からはみだした何十本というイソギンチャクの触手のような腕という腕に握手をしながら法王が徐々にこちらへ向かってきます。

偉そうなオッサンが「はい、もう始めていいよ!!」と合図を送ってきたので、指示をすると、子供たちが歌いだしました。法王カーがゆっくりと子供たちの前へ寄ってきます。そのとき私は自分の手に握られたデジカメに目がいきました。

「チャンス!」

どさくさに紛れて法王カーから子供たちに微笑みかける法王を撮影！　すごい、法王の顔の皺まではっきり見える!!

今年で79歳。法王になった年齢としては歴代最高齢だそうですから、彼をこんな間近に見られるのはコレが最初で最後かもしれません。

法王は枯れた手でかすかすと拍手をしながら法王カーに乗せられたまま、その場からゆっくりと立ち去っていきました。

映像のほうもばっちり。その撮れたての映像を持ってローマのAP通信へダッシュし、見事その当日夜のニュースで流すことにも成功いたしました。

謁見終了後、もとの場所に戻ってみると、保護者たちが感極まって涙ぐんでいます。そんな親を見て、子供らはぽかんとしているのが印象的でした。あのよれよれのお爺さんがウルトラスーパースターのように扱われている意味がいまいち把握できていないようで、みんな「?」な表情をしています。確かに歌っているときも彼らは興味深い視線を皺だらけのお爺さんに向けたままでしたっけ。

まあ、そんなわけで、なんと異例の待遇でこの子供たちは超至近距離で歌をうたうことができたってわけです。めでたしめでたし……。

「高額ギャラ」オバハン、大失敗をしでかしておきながら、最終的にはお金をもらったそうです。アホです。

日本の家族について旦那の疑問

2006-5-2

私たちが暮らしているリスボンで知り合ったとある大手企業の支社駐在社長（40）さん。

彼と会ったあと、うちの旦那は必ずふかーい感慨に沈み込みます。

うちの旦那も日本には7、8ヶ月おりましたが、私の職業柄か、企業人として働く人間とは一度も接する機会がなく、日本を遠く離れたこんなところでいまごろ、働く日本人に会い、すごくショックを受けたみたいです。

要するにこの方は、平均睡眠時間4時間。職場にいないときでも、なにかをしていな

いと気がすまない。かといって家族と一緒にいるのを堪能しているかというとそういう気配もない。妻との会話は一切なく、妻もただ黙って子供の世話と家の管理に徹している。

でも、たまに仕事帰りにひとりで我々の家に寄ると、飲み屋にでも来たかのように解放され、まるで別人格。

そのときに盛り上がった話題をまたあらためて彼が家族に披露しても、そっけないそうだ。

外国語の一切できない妻は家にこもりっきりで、子供の教育にはめちゃくちゃ厳しい様子。

旦那、理解不能に陥る。

「ああいう男性は一生懸命働かねばという潜在意識の指示で、本当にリラックスできる時間なんかほとんどないんだよ。彼に限らず、日本の企業人でこんなふうな人はけっこういるよ」

と言うと、大変ショックを受けていました。

「じゃあ、あの家と家族はなんのためにあるの？　あの家は要するに繁殖場？　あの不幸そうな妻は、その繁殖した子供を管理するだけの係みたいなもの？」

繁殖場……。

確かにベッドも部屋も別々だしなあ。夫婦間からなんの色気も感じられない。これがイタリア式には×。カップル同士で会ってるときにわくわくしないのはもう完全にダメです。キリスト教の「先ずは人を愛せ」っていう教えがしっかりと備わった欧州人、特にイタリア人にとっては、解釈困難なのかもしれません。だけど、こんなポルトガルみたいな土地に来てまで、日本式に生きるのは相当な覚悟と根性が必要だろうなあ、と思います。だって会社のほかの人は残業もせずにみんな6時にはさっさと帰ってしまうそうですから。

私が散歩をする理由

2006-5-10

どんなに体調が悪くても、窓の外に陽光が溢れていると、ついふらふらと外へ出てしまいます。っていうか、私ってこの家でひとりでいること皆無。旦那、たまにどっか行ってくれんかい!! かはあ〜っ。息が詰まるわい……。たまにでいいんだよ、たまにで!!

たまにでいいから、私は家でだらしない姿態で過ごしてみたいのよ……。ソファーに寝そべって映画でも見ながら、保存料がたっぷり入ったスナックを鷲掴みにして頬張ったり、タバコを吸ったり、合成着色料の入った飲み物をガブガブ飲んだり……。

旦那はスーパーに一緒に行くと、私がカゴのなかに入れたものを手にとってチェックし、「あ、コレダメだよ。保存料入ってる」だの、「これは赤色○○号使ってるからダメだ」とかいって、私が食べたいものをすべて棚に戻してしまいます。なんでそうなのかというと、彼の**ママ**がそうだからです。野菜も実家では**ママ**の庭で採れたものしか食べさせてくれません。

「あんた、私なんて悪いけど、体のほとんどの細胞が保存料と合成着色料とアルコールとニコチンだよ!? いいんだよ、いまさら!! 高度成長期の日本でこーやって育ってきたんだから！」と口応えすること数知れず。

でも、こんな彼の妻になろうと思ったのは、実は節度ある生活に転換できそうな期待を抱いたからってのもあるので、文句を言えた筋合いではありません。そう、これは自分から志願したエコロジカルな正しい生活と言えるのです。

ただ、そういった彼の正しさも結局はすべてママによって植えつけられたものだと思うとね。なんかこう、たまには自分流に過ごしてみたくなったりするわけですよ。

なので、今日みたいにお天気のいい日は「ちょっと散歩」と言い残して外に出て、近所の公園を目指すわけです。そこでスナックを食べながら『ダ・ヴィンチ・コード』をじっくり読むこと3時間。

この前の日記で家族のあり方みたいなことを綴ったばかりですけどね、カップルというものはどこかでうまくバランスとっていかんとダメですね。

写真は家を出てからの公園までの道のり。

包丁で爪を真ん中から切り落とす

2006-5-12

子供を出産したとき以来でしょうか。
あんまりの痛さで「叫び声」が出てしまったのは。
ハハハ……。
包丁を磨ぐ道具を買ったので、早速みっちり磨いで、すぐにタマネギの超極薄スライスにチャレンジしてみたんですけどね。タマネギをおさえていた左手人差し指の爪も表面半分からすっぱりスライス。

爪のあったはずの場所から血がどんどん滲みだしてくるし、だけど病院へいくのも大げさだし、と思って人差し指をがっちりにぎったましゃがんでもがくこと5分。最終的には絆創膏で処理しましたが、痛みは半端じゃありません……。

爪をはぐ拷問ってのがあるらしいですけど、あたしは無理だ。たとえ同志を裏切ることになろうと、たとえどんな極秘情報を抱えていたとしても、爪をはがされるくらいならいくらでも喋ってしまうだろうと思いました。

爪がないと人間ってものを摑むことができないんですってね。

すごくわかります。

左手でなにかを摑もうとすると、爪がない人差し指が突っ張り、筋肉がビーンと伸ばされるようなナマナマしい感じがして、力が入りません。

この指が使いものにならないと、結構不便です。

とりあえず締め切り間近、これが右手の人差し指の爪じゃなくてヨカッタ!!

(写真は『モーレツ!イタリア家族』、いよいよ最終回原稿でございます……)

本日の散歩

2006-6-3

5月末が締め切りの、イタリアの出版社に出さねばならないイタリア語の原稿がなかなか仕上がらず（……いまだに仕上がらず……）、すっかり心にゆとりがなくなってしまった状態が長らく続いておりました。

そんなわけで、ご近所に住む日本人のお友達を誘って散歩へ。この辺一帯で何気に治安が悪そうと言われている界隈へ昼ごはんを食べにてくてくと歩いていきました。

お天気は絶好調、ジャカランダ咲き放題。現外務省である旧王宮を通過して、ほんのりブラジルムードの漂うアルカンタラ地区へ。

おいしそうな魚介屋を見つけて入ってみると、地元のおっさんやおばちゃんでにぎわっている様子。見渡してみても観光客の姿はひとりもいない。

「よし！」というわけで、魚介の雑炊「Arroz de Mariscos」と、アレンテージョ黒豚の「Segreto de porco preto（黒豚の秘密）」を仲良く分けて食べました。カロリー総計一人当たり2000くらいですかね。いいですよ、もう。仕方ない。

久々に「いくらなんでももう無理だ！」という気分になるまで食べました。

ほかにもおいしそうな魚介がテンコ盛り、私のうしろに貼られていた「オレもオススメ」のポスターに描かれたオヤジのポートレートとカニを摑む手の様子にもすっかりヤラれて、大満足。

まだ食べたことないんですけど、写真にあるグロテスクな貝（名前忘却……なにかの手っていう名前）も見た目によらず大変うまいそうです。

食べて満足とはいかに大切か。

美しい景色で心癒やされることもいかに大切か。

それを実感した一日でございました。

イワシ祭り

2006-6-13

私的には家でイタリア・ガーナ戦を見たかったところなんですが、こちらリスボンでは年に一度の重要なお祭りの日なので、結局外へ出てしまいました……（まあ、イタリアが勝つだろうという信頼に揺るぎもなかったんで腰も上がったと言えましょう。実際その通りになったし）。

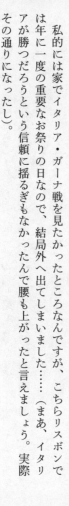

聖アントニオの祭り。

今日はみんなでやたらとイワシを喰らって、夜通し祭りをやりまくります。そして明日はなにもかもお休みにして、全員昼まで寝ます。すでに公共交通機関も動いてません。すべての住民が祭り一色に染まるわけですね。

感じとしては、日本の盆踊りの雰囲気に似てます。

リスボン市内の各地域に祭り用のスペースが設えられて、地域の素人バンドが歌をうたったり音楽を披露するステージもあり、屋台ではイワシがじゃんじゃん炭で焼かれるなか、ビールやワインをあおりつつその匂いにまみれながら老若男女が踊るのですが、踊ることだけを目的に来ている準備万端なおっさんおばさんがいるところなども盆踊りに似ています。

私もイワシをパンに挟んで食べました。これが意外にいけるんですよ……。マグロもそうだけど、魚って、パンに合います。やってみてください。

新聞に「リスボン聖アントニオ祭りを楽しむマニュアル」ってのが出てまして、持っていくと役立つもののリストというのがございます。

「タクシーの電話番号、ペットボトルの水、避妊具」

なぜ避妊具なのか謎ですが、この祭りはリオのカーニバルのような興奮をリスボン市民にもたらすもののようでございます。リオのようなしっちゃかめっちゃかさは全然ないんですけどね。聖アントニオが愛の守護聖人だからでしょうか。

彼は恋愛成就の聖人のほかにも紛失・貧困の聖人とか言われておりますが、この人にお祈りをするとパートナーが見つかるとか、いい結婚ができるといわれております。

いまから800年ほど前に、ここリスボンの貴族家庭に生まれて修道士としてイタリアに赴き、働き過ぎが原因で36歳でお亡くなりになってます。

さて、写真は、私たちが行った祭りで飾られていた聖アントニオ像です。頭の上にカッパみたいなカツラが乗っかってなかったら、絶対わかんなかったと思います。修道服よりも、小粋なワンポイント入りポロシャツなんか着てほしいお顔立ちです。

もう一枚はイワシを喰らう息子。

ポルトガル乱戦、疲れた!!

2006-6-26

こんなに見てて、立ったりしゃがんだり叫んだり頭抱えたりした試合は初めてです。

普段ケンカなどの争いごとを心底嫌うポルトガル人ですが、今日はオランダ人とボールを忘れた乱闘になる寸前でした。

こんなに黄色い紙や赤い紙がひらひらする試合もそうないでしょうよ。

イエローカード全部で16枚。

レッドカード4枚。

前代未聞。

ポルトガルもオランダも最終的には9人の状態。

クリスティアーノ・ロナウドが散々な状態になってベンチに戻るハメになってからですね、ポルトガル人選手の頭に血が上りだしたのは。

でもってキャプテン・フィーゴの頭突きもびっくり……。

フィールドで頭突きする選手、初めて見ましたよ。

人間の形相ではなかったですね。

牛、そう、まるで闘牛のようでした。

あと、ベンチ入りを強いられたロナウドの幼稚園児みたいなくやし泣きも切なかったです。

それにしてもオランダ人サポーターたちの冷静に憤怒する様子が妙に怖かった。

監督のファン・バステンの表情が全然変わらないんだけど、眉間にだけどんどん力が入っていく様子が怖かったです。

ポルトガル、こんどはイングランドと対戦です。40年ぶりの準々決勝進出。また乱戦になったらどうしよう……。

いまも家の外は旗をひらめかせながらクラクションを鳴らしまくる車で溢れています。

疲れた……。

勝った!!

2006-7-2

ポルトガル……勝ってしまいました。

……外はすごい騒ぎです。……クッションが破れて茶がこぼれました。

選手もそうだろうが、見てた私たちも疲れて死にそうだ……。

今日はもうこのまま寝たいけど、外で大騒ぎしたい気持ちもあります。

とりあえず喉がかれて声が出ん。

入った……最後の50秒に2発……

2006-7-5

ゴールを入れたグロッソ（イタリア語で〝デカい郎〟……旦那が「いい苗字だな」っ

て呟いてました)。
そしてやっぱり現役デル・ピエロ。
ユベントスはセリエC落ちする確率大ですが、そんなことカンケーなし。
明日死ぬかも。
そして日曜も。

Portugal perdeu!!

2006-7-6

悲しんでいても仕方ない。土曜の3位決定戦に望みをかけます。

しっかし、アフリカ系フランス人のでっかくて頑丈で剛健な壁は小さいポルトガル人には厚かった……。イタリア大丈夫かなあ。

VIVA ITALIA!! イタリア万歳!!

2006-7-10

散々じれったい思いをさせられた挙句、勝ちました。
1982年から24年振りだから良かった!!!

だけどフランスに同情……。

とくにジダンの頭突きのあとの最後の姿が哀れすぎて、忘れられません。

バルテュスの座り込んだ姿も涙を誘いました。

でもね、強い。どっちも強かった!!

満足のいく決勝でした……。

ものすごくご無沙汰な日記

2006-9-11

昨日の夜、イタリア発スペイン経由走行距離2500キロを突破してリスボンに到着。途中バルセロナに立ち寄るも、持病の椎間板ヘルニアがまたじわじわと痛みだし、結局サグラダ・ファミリアだけを見るにとどまる。

もう車に乗りたくないです。27時間車のなかにいるというのは、いくら好きなときに外に出られるとはいえ、最終的にはエコノミー症候群×2くらいの体力ダメージがあるように感じられました。

いえ、でも、この疲労は車に乗っていたためというより、50日間もイタリアの実家でワーキングホリデー、もといヘビーワーキングホリデーをさせられていた反動に違いないのです。

畑の管理、家の掃除、絶え間なく訪れる客人の接待、97歳の年寄りのヘルパー。夜、時間があるときだけやっと漫画の仕事。

しかも、50日間もいたのに、「なんだってこんなに早く帰るのさ!」という姑の強い発言を振り切らねばならなかったエネルギー。今晩は死んでも行きたかったブラジル人歌手マリーザ・モンチのコンサートがあったので、たとえ自分ひとり飛行機に乗る羽目になってもいいから、絶対リスボンに帰ろうという決意をしておりました。

結果、腰の痛みを臭いシップで緩和しながら、無事コンサートを見ることもできて感無量。一人50ユーロのチケット代金の尊さを今日ほど痛感したことはありません。

これであっけなく私の夏は終わりました。

いまだに私の頭のなかが姑の声という有様ですが、めげません。前からずっと様子のおかしかったパソコンもとうとうお釈迦になって、夫が寝静まった夜半でなければこうしてメールも書けない状況を強いられてますが、かまいません。かまうもんですか。生きてる、もとい、生き延びてるってすばらしいですね。

イタリア実家で過ごした夏とMarisa《マリーザ》 Monte《モンチ》

2006-9-20

今年の夏は結局日本へ帰らず、イタリアの夫の実家で50日間も過ごしてしまいました。にもかかわらず、愛する息子が遠くに暮らすイタリアン姑にとっては「短すぎる」50日間だったらしく、「子供の学校が9月18日まで休みなんだったらぎりぎりまでいなさいよ!!」と、毎日執拗に言い寄ってきておりました。

しかし、私にはなにがなんでも9月10日までに帰らねばならぬ理由がありました。その日大好きなブラジル人歌手のコンサートがリスボンであり、私はこの人の生声を聞く機会を15年間切願しつづけてきたのです。

決して安くはない、前から8列目の真ん中の席を家族分3枚すでに購入済み。「どうしても姑がしつこくするなら、あたしだけ先に飛行機で帰ります」と旦那にも断言済み。

もし彼女が自分よりもブラジル人歌手が選ばれたということを知ったら、「なんですってええ!!　身内の寂しさも省みないで!!　きいいーっ!!」となっていたに違いありません。

最後まで「リスボンに残してきた仕事が気がかりなので」という口実で通し切り、べネチアからリスボンまで2500キロを狂った馬のごとき勢いで車をぶっとばし、到着したのはコンサート当日。

コンサートに出かけるエネルギーを無理やり身体中から絞りだし、目をつぶりかける子供の頬をつねって、「10分寝たら10ユーロ損したことになるんだよ」と脅し、歌姫の登場を待ち構えた私たち。

結果、その夏、積もり積もった疲労感もストレスも、美しきディーバのオーラであっという間にふっとんでいきました。

Marisa、本当にありがとう。

最近の仕事について

2006-9-21

イタリア実家における50日間ワーキングホリデーの影響で、リスボンの自宅に帰ってきてもなかなか仕事起動モードにならず、「まずい、そろそろやらないと!!」という焦りを呪文のように頭のなかで繰り返し続けるばかりの一週間を過ごしてしまいました。

私のなかでは、ハードデイズで失われたバケーション気分を一日でも多く感じたかったというのがあったのかもしれません。

でももういいかげん、身を引き締めて仕事モードにならないといけません。

というわけで、最近の仕事。

10月13日に発売される単行本『モーレツ！イタリア家族』のおまけページにあたる、旅行会話用イタリア語の最終チェック。

おなじく、ここに載せるイタリア家族の生写真15枚分のセレクトとコメント制作。

本屋さんで宣伝していただくための手書きポップ制作。

お世話になっている『Ｋｉｓｓ』編集部より11月8日に新雑誌『Ｂｅｔｈ』が発行されますが、ここで連載するコミックエッセー『それではさっそくBuonappetito!』のネーム考案、レシピの制作。

でもって、おなじくこちらで小説の連載をされることになってる作家さんの挿絵。

そしてまあ、それ以外の漫画の考案、ネーム制作。

なんだ、書きだしてみるとそんなに大変じゃないじゃないですか。

でも忘れてはならないのは、ここが日本ではなくポルトガルだということです。つまり、こちらで仕上げた原稿を締め切り日前に届かせるには、国際郵便配達に要する時間、5日～1週間ってのを念頭に置かねばならんのです。

下手すると行方不明になったりする場合もありますし（まだ経験してませんが）。

そんなわけで、本腰入れて頑張ろうと思います。

私の漫画について　その1

2006-9-21

私が漫画を描くようになった経緯です。

私はかつてフィレンツェのアカデミアという美術学校で油絵を専攻しておりました。ですが、オリジナルな作品よりも数多く手がけたのは模写。

その模写をやり続けていくうちに実物に使われたのとおなじ顔料を摘出したくなり、やがて興味の方向は美術史へ転換。そしてそれに便乗して古い絵の修復。

アルバイトとしては、故人の肖像描きなんてのもやりました。

亡くなってホヤホヤのじい様の顔を描かせられたこともありましたっけ。

しかし、そのどれをとっても安定した収入源にはならず、アパートの電気は切られ、ガスも止められ、アンデルセンのお話にでも出てきそうな過酷でひもじい日々が続くようになりました。

そんな私を見かねたアカデミア時代の友人（ハイグレードなオタク）に勧められ、漫画を描くようになったのでした。

そういえばむかし『キャンディ・キャンディ』とか読んでたよなあ……と少女時代の

漫画への熱意を思い起こし、いろいろ描いてみることにしました。とはいえ、私にとってその当時漫画を描くのに参考にできた唯一の作家がつげ義春（唯一持っていた漫画本）で、しかも投稿作品は新聞紙にくるんで発送しました。

いまはもうありませんが投稿先は講談社から発行されていた『ｍｉｍｉ』という少女漫画誌でした。

「なんだ、これ!?」というのが、初めて私の作品を目にした当時の担当の感想だったようです。

そしてデビューして数年後に単行本『有名人』（内館牧子原作）を出していただきました。画家が主人公の作品なので、私にやらせてみないかということになったみたいです。

原作を読んだときは、想像を絶するストーリー展開に腰が抜けそうになりました。これを漫画にせよと!?という思いを必死で押さえて描きつづけた作品です。

ちなみに主人公は有名作家だったのだけど売れなくなってレズになり、アル中になって、最後に復帰します。

興奮をもたらした小包

2006-9-22

さきほど届きました。

小包と新聞を広げたところ

待ちに待っていた小包が。

私も参加させていただいた同人誌『赤い牙』6号の詰まった小包が……（震えています）。

す、すばらしいっ!!　すばらしすぎっ！！！

こんなすごい作家さんたちと一緒に載せていただいて猛烈興奮！！！

自分の漫画をそっちのけでみなさんの作品を薄笑みを浮かべて読みまくるわたくし。

興奮して血の巡りがへんになってるような心地を味わいつつ（こういう感覚は歳をとらないと把握できないと思われる）。

し、しかもなんだか旨げなものまでどっさりと入ってるじゃないですか……。

空間を埋めるために詰めてある新聞も面白そうじゃないですか……（すべて皺を伸ばしました）。

Mさんが連載されてる雑誌まで入ってます……。

おまけに温かいお手紙と一緒になんだか懐かしい写真まで入れていただいて（何年前だ、これ？　ただただ楽しい一夜だったことはずっと覚えとります。新宿でカラオケオールナイトしましたっけ）。

ああ、今度東京行ったら必ずまた朝までカラオケしたいわあ！

『赤い牙　6』の私の漫画
『VICTORIA』

そのときは必ずゴールドフィンガー歌うよ！

ほんとにありがとうございますMさんSさん。

私の漫画について　その2

2006-9-27

漫画家としてお恥ずかしいことですが、私の描く漫画の絵柄には一貫性がありません。

ドラマチックな少女漫画はそれ風に。

原作者つきであればその作品の内容によって絵柄を変えます。

経済学者の本のイラストであれば、それ用のタッチに変えます。

ギャグショート漫画であれば、もちろん登場人物は2頭身ないし3頭身です。

（まあ、それぞれ自覚はなくてもちょっとは個性が露出してはいるんでしょうけど）

毎度このような試行錯誤のようなことをしていてはいけないと思うのですが、どうもむかしっから模写だの肖像画だのを描いてばかりいたせいで、独自性を生みだす能力が欠けているのかもしれません。

私のギャグ漫画を読んだ方が、「どれ、もっとこの人の漫画を読んでみるか」と思ってくださって、うっかり前に取り上げた内館牧子さん原作のドロドロ漫画『有名人』や、

懐かしいお宝写真
（みなさんに会いたい……）

ハーレクインロマンス（本を出したことがある）などを購入された場合のことを思うと、ちょっと焦ります。
でも考えてみたら、漫画だけじゃなくてカラオケのナンバーも一貫性ないし。（ハクション大魔王、サラ・ヴォーン、山下達郎、ちあきなおみ、シンディ・ローパー、越路吹雪、フランク・シナトラ、堀ちえみ等を歌います）
むかし読んでた漫画も一貫性ないし。（小学生のとき大好きだった漫画。がきデカ、マカロニほうれん荘など秋田書店モノすべて、萩尾望都、竹宮惠子、楳図かずお、土田よしこ、一条ゆかり、つのだじろう等を愛読してました）

懐かしいヨーヨー

2006-9-28

ここ最近、自分が小学生だったときのことを思い出してばかりいます。

ポルトガルという土地が、日本のような激しいキャピタリズムのなかで物欲を刺激しまくられるような環境と、かけ離れているせいかもしれません。

ここは日本のように建物もそんなに建て替えたりしないし、何十年も乗り切ってきたような古い商店もいっぱいあります。

小学校3年生か4年生くらいだったかなあ。このラッセルヨーヨーってのが大流行したのって。

もう欲しくて欲しくてたまらんかったですよ、わたしは。

ファンタのロゴのやつね。

「犬の散歩」などの妙技を習得してみたかったんですよ。

でも高かったんですよ。カンタンに買えない値段。よく覚えてないけど、500円以上だったと思う。

前にも書きましたが、母親が『暮しの手帖』の愛読者だったので、こんなアメリカ資本主義万歳みたいなしろものはいくら駄々をこねても買ってくれませんでした。

だけど、ひとりでこっそり買いにいったんですよ。

ちょっとずつ貯めた小遣いを持って、近所の「喜多商店」に。

ファンタが欲しかったくせに、最終的には透明なコカ・コーラのロゴのやつを入手しました。

ああ、すばらしい充足感だったなあ。

あんな底抜けの青空みたいな感覚、大人になってからは滅多にないですよ。

結局、犬の散歩という妙技は最後までできませんでしたが。

今年の年末

2006-9-30

本当はブラジルに行きたかったんだけど。

さもなければ、ここでじっとしてたかったんだけど。

っていうか、イタリア行きたくなかったんだけど。年末年始。

でもいまやこの家族一緒の年末行事は避けては通れない試練になってます。

「ほら、早くチケット取んなさいよ。そうしないと飛行機が満席になって来られなくなるわよ！」

姑はこのセリフを繰り返すためだけに、一体何度ここへ電話をかけてきたのであろうか。

って、ついこのあいだまで一緒だったじゃないか!!

50日間も、朝から晩まで一緒だったじゃないか!!

それでなくても毎日3回も電話してきてるじゃないかーっ!!

あまりにもうるさいので取りましたよ、12月17日発ベネチアまでの往復3人分。猫も連れてかねばならんし大変だよ、もう。

ただし、帰りは1月1日。それ以外に座席なし。

「ええっ、そんなに早く帰っちゃうの⁉　しかも元旦‼」

「子供の学校が3日からなんで」

「休ませたらいいじゃないの、ね？　休ませなさいよ」

ここで言葉に詰まる。耳の錯覚だったかもしれないと一瞬思う。

「あ、でもほら、あなたの息子は私たちよりも一週間早くそっちに行くみたいですよ、大学の関係で」

「えっ、それほんと⁉　やったあ、うれしい〜‼」

彼女のこの言動にはすっかり慣れてしまったと思っていたけど、まだまだアドレナリンが噴出しつづけてます。

単行本出ました〜

2006-10-17

書き込めるところにはどこにでも宣伝。

だって、やっと原作者のない自分の名前だけの単行本が出たんですもの。うれしいわ！

6日から留守をしていたので、今日はじめて私はこの本の表紙を見ました。

そして先ほど姑からも、「もう出た？　出たの⁉　じゃあ早くこっちに5冊くらい送ってちょうだい！　みんなに配るから」と催促されました。

でも……怒られたらどうしよう……。

掲載されてるお姑の写真……携帯とアイスを持ってハンドル握ってる写真……実は彼女はもっと別の写真を使ってもらいたがってたみたいだし……。あと、彼女がパンツで仁王立ちになってる描写とかもあるし……あと彼女が……ああ、きりがない。

ちょっと勇気が出たら送ることにしよう。

とにかく、ここで日記として記させてもらっていたことがめでたく単行本化。

ありがとうございました。

イタリア優雅旅行日記もとい

2006-10-18

8日から16日まで、日本からいらした15名の方たち（平均年齢65歳）をつれて、10回目のわたくし企画のツアーを実施してまいりました。

イタリア語を習ったり、イタリアの文化に興味があったり、個人的にもイタリアに何度も行ってきたような方たちばかりのツアーなもんですから、毎度そのコーディネートの難度は高くなるばかりです。みなさん、もう月並みなものは見尽くしているし、いわば東京、箱根、京都、大阪みたいなツアーでは決してダメなわけです。より渋く、より美しく、よりマニアックに。

歴史オタクの旦那がいるおかげで、いつもなんとかなってはいるんですけどね。引率するあたくしは結構大変でございますよ。

そんなわけで今回のテーマは、「世界遺産チンクエテッレからイタリアの食倉庫エミリア州の旅」と題し、小さな範囲のなかでありながらも濃いものを一日ずつじっくりみなさんと一緒に見てまわったんでございます。移動距離がたった200キロくらいの範囲を8日間みっちり。イタリアって国はすべて見てまわろうと思ったら10年くらいの期間は要するでしょうね。

まず最初にたずねたジェノバ近辺の海のさわやかな世界遺産はよしとして、問題は後半のエミリア州食倉庫の部分でした。

一年分の料理とワインを飲み食いしてきた感覚がいまだに抜けてくれません。確実に胃拡張になってると思われます。いや、胃壁もかなりやばい具合にただれてきてるんじゃないかと思われます。

平均年齢65歳のみなさん、昼飯後に訪れた「フェラーリ博物館」では陳列された美しい高級車の上に消化しきれなかったパスタを吐きだしてしまいそうな表情で、それでも耐えながらじっと立っておられましたっけ。

まあそんなこんなで昨日帰宅。

お茶の水　名曲喫茶ウィーン

2006-10-21

創作ノート（というほどエラそうなもんでもないが）をぺらぺらめくっていたら、「今日の夢・お茶の水ウィーンのみんなが出てきた」という走り書きを発見。

いつの夢だったのか記憶にないのですが、その文字を見たとたん、急に目頭が熱くなりました。

本当に短い期間ではあったけど、私のなかに一生忘れられない記憶を作ってくれた、名曲喫茶ウィーン。

せっかくだから、あのしっちゃかめっちゃかなアルバイトの日々をここに記しましょう（というか、ただ単に記憶を整理したいだけ）。

いまはなき名曲喫茶ウィーンとの出合い、それは……１９８４年。私がイタリア行きを決定し、それまで通っていた某ミッションスクールを高校1年修了後にクラスメートにも内緒でこっそりとやめて、出発予定の夏までの期間をお茶の水のアテネ・フランセで過ごそうと決意したときでした。

イタリアへ行くのになぜアテネ・フランセだったかは聞かないでください。

当時はイタリア語を学ぶのもそんなにメジャーなことではなかったのと、私をイタリアへ呼んでくれたマルコじいさんがフランス語と英語ぺらぺらだったので、とりあえず彼との必要最低限の会話をマスターする意図があったから、だったと思われます。

春になり、窮屈だったそれまでの女子高とオサラバして、大泉学園の町からお茶の水までの道のりを楽しく通う日々がスタートいたしました。

アテネ・フランセで振り分けられたクラスの生徒は浪人生が半数を占めていましたが、なかにはこの人、仕事はどうしているんだろう？と疑問を抱かせられるような働き盛りの男性や、80歳近くの爺さんや、可愛くておしゃれで、とりあえず遊びたいから大学には行かなかった、というような人たちもいました。

そう、あれはいま思えば日本がまさに華々しきバブルを迎えようとしていたころですね。

街行くこじゃれた若者の小脇には「ＢＩＧＩ」やら「Ｍｅｌｒｏｓｅ」だのと、だいたいそこでいくらくらいお金を使ったのかが想定できるようなブランド名が記されたビニールの袋が二つ折りになって挟み込まれ、ますます小型化が進むウォークマンでスタイルカウンシルやらU2を聞きながら、そこが日本であることを忘れて歩くことが可能なような、そんな時期でした。

当時は私も17歳。そういった周囲から発せられる誘惑に巻き込まれないわけがありません。

欲しいものもいっぱいだし、買いたいカセット（当時はＣＤじゃなくてカセット。カセットに２５００円とか払ってたなんて信じられませんが）もいっぱいあった。

だけどうちの母親はむかしから清貧ポリシーまっしぐらで、欲しいものがあると、「わかった。じゃ作ってあげるね」と答えてくれる人でした。

お小遣いも、必要ではないという理由からそんなに貰えなかった私は、アテネ・フランセのおしゃれなお姉さんたちや、お茶の水界隈の若者を見るたびにむなしいため息をつくしかなかったのです。

そんなある日、学校帰りにぶらぶらとお茶の水を歩いていて、ふと目にとまった一枚の求人広告の貼り紙。

「求む。ウェイトレス。名曲喫茶ウィーン」

隣は丸善。むかいには画材屋さん。なかなかアカデミックな環境じゃないですか。

一日考えて、どうしても「BIGI」の二つ折り袋を小脇に挟んでみたい執念に負け、思い切ってこの貼り紙の場所に電話で連絡を入れてみました。

母には内緒でしたが、オーケストラの団員である彼女のこと、最悪、「だって、名曲喫茶だよ!? 名曲が聞けるんだよ!!」と言えば許してくれそうな気がした上での決断でした。

名曲喫茶ウィーン　つづき

2006-10-23

前回は内容のわりにかなり大げさな演出になってしまったので、ちょっと短縮型にして進行します（あとで読み直してちょっと恥ずかしくなった）。

考えてみたら、ここのバイトが私にとっての初バイトではなかったので、履歴書を持って出かけていくときはかなりでかい態度だったことを記憶しています。

なんてったって高校在学中に、ディスコに行く資金を自分で稼ぐためにアルバイト情報誌で見つけた私の人生の記念すべき初仕事が「チリ紙交換」ですからね（しかもものすごく一日中頑張って稼いだ金額が５００円）。軽トラの荷台に載せられて、トイレットペーパー片手に家々を巡り、古新聞やダンボールを収集するという、おしゃれなバイトとは言い難いそんなハードな肉体労働を３日間やりのけた私の肝は、かなり頑強に鍛えられていたのだと思われます。

脱線しますが、このチリ紙交換（情報誌には別の名称で募集をかけてあったので、チリ紙交換だとはそこへ行くまで知らんかった）、同級生だった弁護士のご令嬢Ｓさんまでをまき込んでやってたところがいま思うと大変恐ろしいです。彼女は「お友達のところで勉強してきます」といって家を空けていたらしいけど、もし自分の娘が民家の戸を次から次へとノックして、「古新聞古雑誌ありませんかー？」なんてことをやってたなんて知れたら……。それでも量が少ないからって、酒屋やスーパーのダンボール置き場でいらないダンボールを折りたたんでトラックに投げ込んでたなんてこと

がバレたら……。ふうう……。いまはどこでなにをなさってるかしら、Sさん。そんな過去は遠い記憶のかなたに葬って、ステキなマダムになってらっしゃることを祈ります。

さて、名曲喫茶ウィーン面接。立ち会った店長は石立鉄男そっくりの、これまた17歳の小娘を前にして腰の低すぎる謙虚なお人でございました。

彼をはじめに、20年以上経ったいまもなお、鮮明に記憶に浮かぶ当時のバイトたち。ウィーンってのがいつお茶の水に出来たんだか知りませんが（おそらく終戦直後？）、バタ臭さ全開の洋風建築4、5階建ての建物でした。フロアー自体がそんなに広くないんで、2階ずつ掛け持ちで、全部で6～8人くらいのバイトがいたように記憶してます。

ぽっちゃり顔で巨乳、足のスラリとした屈託のない笑顔が魅力的な日大生Kちゃん。市川から通っていた、サーファーカットにでっかい花のイヤリング、ピンクの口紅がつややかだった小柄なMちゃん。そのMちゃんのお友達で、おなじくサーファーカットなんだけど、声がピンクレディーのケイちゃんみたいに低くて色っぽかったSちゃん。

中学卒業後、進学せずにウィーンのボーイ業に携わっていた小岩の少年かっちゃん。そのかっちゃんにいつもボディガードのように寄り添う中央大学の学生（留年中）松田さん。ふたりは小岩の4畳半のアパートで仲良く一緒に暮らしてましたっけ。

フロアー長と呼ばれていた、少年隊の錦織みたいな顔立ちの男の名前は忘れた。

それからもうひとり、これも光GENJIみたいな輩。このジャニーズっぽいふたりは俳優の卵だったらしく、映画やドラマにエキストラで出演しただの、オーディションがどうだのという話をいつも誇らしげにしていました。

洗い場には芸大を卒業したYさんと、元ボクサー（左の耳が半分ない）のRさん。レコード室にはリクエストの紙からレコードを選曲する知的なHさん。彼女はYさんと同棲してました。

で、この名曲喫茶ウィーンのオーナーである韓国人の老夫婦。滅多に現れませんでしたが、たまに来たときはその場が急に緊張感に包まれたものでした。なんあと、常連客のひとりが俵孝太郎（彼が現れる度に誰が受け持つか、じゃんけんで決めてた）。

あそこにいた人物だけでも、壮大な長編小説が一本書けそうな気分になってきました……。いや、実際すごかったんですよ、このなかの恋愛、妬みの人間模様が……。なんであんなにすべての人たちがドラマティックだったんだろうっていうくらい、事件や話題がつきなかったですね。ほんとにすごかった。

漫画のネタになりそうだな。

……モーレツに憤激

2006−10−24

いまだに届かない私の単行本。

出版社からはすでに発送済みだというのだが、なぜか大抵シンガポールかロンドンを経由してくるようなので到着まで数週間はかかると思われます。

だめだ。待ちきれない。

そうだ、自分でも注文しちまえ！

……と思い余ってアマゾンで自分の本と、その他、欲しかった漫画等合計で10冊ほどを注文。なるべく早く着いてほしいので、思い切ってＤＨＬ便で頼んだ。だって海外であるにもかかわらず注文から到着までたったの５日だっていうし、料金も２０００円くらいしか違わないんですもの。

しかし、先ほどリスボンの関税局から電話がかかってきました。

「ＤＨＬであなた用に届いてる荷物があるんですけど、税金が１６５ユーロかかりますのでよろしく」

え？

ひゃっ……１６５ユーロ⁉

１６５ユーロってあんた、日本円にして２万円以上だよ⁉　ちょっと待って、あたいの買った本の料金は6千円にも満たんのよ!?　その3倍以上の税金払えってどーゆーことよ!?

「いや、そういう決まりになってますんで。払っていただかないとお荷物をお渡しできません」

受話器を置いたままうなだれる私に、夫が「どうしたの?」と近づいてきた。

そこで事情を話してやると、「なにばかなことやってんだよ、ダメじゃないかDHLなんかで荷物頼んだら!!　前にもおなじ間違いやったくせに、なにやってんの!?」と、落ち込む私を慰めるどころか超攻撃的。

「……え?　前にもやったって?」

「空港までわざわざ荷物を取りにいってそこでマリが税金高すぎって大声を張り上げてすごく恥ずかしかったの、忘れたの!?」

「そんなことあったけど、あれってDHLの荷物だったっけ?」

この私のボケっぷりに堪忍袋の緒が切れた夫と、腹が立った私で大バトル。

ず冷静を保てぬ夫の若気の至りっぷりに腹が立った私で大バトル。

「自分で自分の本を買うのにその3倍の値段払うなんて、どーかしてるよ!　タコがタコの足喰ってどうすんだよ!!」

「うっせい、やっちまったことに文句言うな!　それくらい自分の仕事がいとおしいのがてめえにはわからんのか!!」

そばにあったクッションを思い切り投げつけたら椅子ごと転がる旦那。弱い。

その後、しばし自室にこもって大人気のなかった振る舞いへの反省と、憤りを和らげることに努力する。

ええ、そうですよ、そうですとも。私も確かにバカでした。

しかし、250パーセントの税金を徴収するポルトガルもどーかしてないか、ええ⁉

一番おかしいのはそこだよ、そこ‼

「もういい。明日届けにきたら受け取り拒否にするから」

涙を浮かべ鼻水をかみながら夫に断言。

くっそ〜。目の前に自分の読みたい漫画と自分のいまだ見ぬ単行本をつきつけられながら受け取り拒否だなんて、信じられない気分だ。なんて非人道的なことをさせてくれやがるんだ。

でも2万円も税金払えません。

ああ、もう‼ バカ野郎！！！

※ちなみに普通の郵便局経由で送られてくるものには、なぜか税金がかかりません。一体どういうことなんざましょう……。

映画で気を紛らわす日々

2006-10-28

税関ですでに1週間も放置されている私の本。

結局いろいろ調べた結果、DHLに問題があることが発覚。

騙し取った「課税」とは名ばかりの多額な金は、誰の懐に入るのでしょうか。

ポルトガルのネットを覗いただけでも、このアマゾン注文DHL委託便で不条理な思いをした人数知れず。

というわけで、いまだバトル続行中。ああ、許せない。

私は、受け取り拒否にして、さっさと注文し直して普通の郵便で送り直してもらいたいところなんですけどね。旦那が冷静な見かけによらず、すぐ熱くなるんですよ。「泣き寝入りという言葉はオレにはない」と断言してます。だから、バトルは彼が担当してるんですけどね。

自分の本もさることながら、なによりもまず、それと一緒に注文したほかの漫画本が手に入れられれば私は幸せなんですよ。

ほかの作家さんたちの面白そうな漫画8冊。

なんせそれが仕事の原動力になるんで……。

それがないと頭も手もなかなか思うように動いてくれんのです……。

仕方ないので、映画をじゃんじゃん見てその渇望感から意識をそらせることにした私。

『40歳の童貞男』

本当に時間つぶし。ただひたすら笑って終わり。

『Bandidas』

サルマ・ハエックとペネロペ・クルス、ハリウッド進出を果たした二大ヒスパニック系女優競演によるフランス版西部劇。リュック・ベッソンがプロデュース。

これもふたりの可憐さに気を取られてるうちに見終わっていた。

『Transamerica』

見たかった映画だったけど、期待してたほどの感動なし。デリケートなアメリカ映画。

『ティファニーで朝食を』

先日見た『ローマの休日』に続いてオードリー・ヘップバーン映画第2弾。20年ぶりだったが、よかった……。10代で見た映画は見直す必要があることを改めて実感。

カポーティの原作も好きだが（彼はマリリン・モンローを想定してこの小説を執筆したのだそうですよ）、若干内容の変えられた映画もまたよし。

特に猫が素晴らしい（キスするふたりにつぶされている猫）。

どうも私は1950年代から70年代にかけての映画のテンポが自分の思考のバイオリ

ズムにあっているような気がします。

内容も適度に社会性があって心地よし。

階上に暮らす出っ歯の日本人のYUNIOSHIもよし！

それにしても、くだんの本を手に取るまで、こうして私は一体何本の映画を見続けるのであろうか……。

にっくきDHL

2006-11-1

DHL経由関税問題を引き起こしてくれたアマゾンでのお買い物ですが、内容をすべて英語に直してリストアップし（そういう要請があった）、これでもかというくらい買ったものと送料の金額がはっきりわかるようになった紙をFAXしました。その結果このようなお返事が。

「お送りいただいたリストをもとに、再度ご購入された品物にかかる税金を計算しなおしましたところ、合計が30ユーロ、そして手数料ならびにご自宅までの配送量がほかに30ユーロかかりますのでよろしくおねがいします云々」

最初は165ユーロ払えって言ってたのが、いきなり60ユーロ。

もし、もしですよ？　私が金持ちで当初の課税と称された金額165ユーロを「はいはい」とあっさり払ってたとしたら、105ユーロの差額はいったいどこへ消えるんでしょう。

でもって、手数料、ご自宅までの配送料ってなんでしょう。アマゾンに払った高額の配送料はなんだったんざましょう。

それを問い質してみたところ、「それは日本のアマゾンがそういう案内をしていないのが悪いのであって、我々はいつもの規定に沿ってるだけ。文句を言うなら日本のアマゾンに言ってくれ」とのこと。

日本のアマゾンにメールを送ったら「すぐに調べてお返事します」って言ってたけど、まだ返事のへの字もきてません。

もうまじでいらん。

こんな神経をすり減らしてくれる騒ぎを引き起こした荷物なんか受け取りたくございません。

60ユーロったって、1万円弱ですよ⁉

それでも旦那がそばで「泣き寝入りはダメだ」と言い張って、バトル体制を保ち続けてます。

あきらめ文化の日本と何百年も経つ石の家に執拗に暮らす国の文化の精神性の違いを改めて実感しました。

あ、ちなみに講談社が送ってくれた私の本も税関で止まってるという通達が届きました。

おなじ本が何冊も箱に入っていたので、それを私がポルトガルで売るつもりでいるのだと解釈されたんでありましょう。

「その本の著者なんですが」と言うと、

「じゃあ、その証明になるものを用意してください」って言われました。

税関に行って絵を描けってことでしょうか。

もう涙も枯れたわ……。

タイガー田中にシビレる

2006-11-13

すべてをリセットし、改めてアマゾンで自分で自分の本を注文して私の札幌の実家に配達してもらいました。

で、その実家経由で送られた荷物が無事手元に着いたのですが（簡易小包のようなものだとなんも問題ない）、狂った猿のように包みを破って開けてみたのに、なぜか頼んだ本のなかに『モーレツ家族』だけが入っていません。

一体どうしたのでしょう。

即座に実家に電話をしてみますと、「ああ、自分の本は必要ないだろうと思って入れなかったけど」。

結局、事情を話して再度送り直してもらいましたが、いまポルトガルの郵便局はストをしてるんだそうです。

どうりでここ数日郵便物が来ないと思ったら、なるほどね！

やるなあ、社会主義。

もしかしたら、あたくしはあの本をもう一生手に取れないのではないか、という予感めいたものを感じています。

ところで今日はDVD屋で念願の『007は二度死ぬ』を借りてきました。

これに関しては、感想なんて語れないですね。語ったら、あの強烈さが薄れてしまいそうで、とても言葉になんてできません。

丹波哲郎が演じる「タイガー田中」のイカしてること。

ショーン・コネリーの影が薄くなるくらいでございますよ。

なんといってもこのふたりの入浴シーン。男なら一生に一度は体験してみたいです。

忍者学校のボスってのもすごいですね。

あっけに取られて見つづけていたら、いつの間にか浜美枝とショーン・コネリーのキスシーンのエンディング。ん？　タイガーの姿を最後に見たのはいつだっけ、という処理のされ方にはちょっと不満がありますが、それでもとにかくあの存在感。丹波哲郎ってすごいわ。主役のショーン・コネリーと並んでもまったく引けを取らないオーラ。いまは大霊界に行ってしまわれましたけど……。

それにしても、数ある007シリーズのなかからマイク・マイヤーズが『オースティン・パワーズ1』に、この『二度死ぬ』の要素を取り入れたくなった理由がものっすごくよーくわかりました。

あまりの意表を突かれまくる展開に大騒ぎしていると、隣で真面目な眼差しでじっと画面を見つめていた旦那が、「この時代にしてはみんな一生懸命頑張ってたんだ。それをそんなに笑いものにするなんて酷いじゃないか！」。

すっ、すまん……すまなかった……。

そう。実はうちの旦那は並外れた007ファン。旦那への去年の誕生日のプレゼントはドクター・ノオのポスターと、全ポスターが閉じ込まれた日記帳だった。

「この映画を子供の頃に見たときから、どんなに日本で風呂に入ってみたかったことか……」

彼には申し訳ないが、現実は厳しい。

BBCの大河ドラマ『ROME』最高

2006-11-15

全部で12のエピソード。

ヨーロッパ主要国ではすでに放映済みでしたが、私は見逃してばかりいたので思い切って安くはないDVDを全巻購入。

旦那の誕生日が近いので、それをプレゼントということにしてもらう。

HBO（アメリカ）、BBC（イギリス）とRAI（イタリア）の共同制作なんだけど、いままでのものとは水準が違いすぎて、鳥肌。

これを見てしまったらもう『グラディエーター』なんて見られません。

撮影場所はローマのチネチッタだそうですが、見学できるのだそうだ。行ってみたいっ！

ところで「帝王切開」のことを欧州系の言語で「シーザー切り（直訳）」と言いますが、これはもともとシーザーがそうやって生まれたことによってつけられた名前だそうで、ラテン語の「切る」を由来とするそうです。

だから帝王なのか……。

『ROME』中毒で連日不眠

2006-11-19

超歴史大河ドラマ『ROME』ステージ1。

全部で12エピソードのうち、10まで制覇。

このまま一気に見てしまいたいところだが、1エピソードを見るだけでこんなに興奮して眠れなくなるくらいだから、それはよしたほうが賢明だ。

ドラマでも映画でも、すごいのを見ると考え込んで眠れなくなったりすることはあるけれど、今回は、DVDを買ったその日から連日不眠。

こんな思いをしたの初めてだ。

古代ローマについては超オタクの旦那に影響されて私もそこそこ詳しいと思っているのだけど、このドラマに関しては突っ込みどころがないっ!!

確かに「ん?」というところもあるけど、この際そんなことはどうでもよい!!

しかも役者はほとんど全員英国人だけど、その素晴らしい名演っぷり……。

古代ローマ人なのにイギリス人?と思うのは間違い。そんじょそこらのイタリア人俳優の演技より、余程はまっていて違和感がない。

いま、メル・ギブソンが『Passion』に続くカルタゴの英雄ハンニバルを描いた古代モノを製作しようとしているらしいけど、この作品でも『Passion』とおなじく当時の言語を再現するんだそうです。

でも私はあんまり関係ないと思うなあ、言葉は。雰囲気を出すっていう点では、まあねえ、ほほうって感じもするけど、問題はやっぱ内容でしょ、内容。

これ、世界中で放映されてんのに日本ではまだ。キリスト教が発生する前の、インモラルできわどいシーンがてんこ盛りだから？（イタリアではかなりのシーンをカットしたらしいが、イギリスでは完全版で放映）性的解釈の仕方や妻のありかたとか、日本との共通点もたくさんあると思うのに……。

それにしても、ここに出てくる若きオクタヴィアヌス（のちの初代ローマ皇帝）役のMax Pirkisがうちの旦那に妙に似ていて、見ていて落ち着かない。そして当の本人でさえも「オレに似てる……」と納得している。

クレオパトラ

2006-11-19

どんなに先が気になっても、一日2エピソード以上見ると、極度の興奮状態に陥り、仕事や家事はおろか、夜も眠れないという状況になるので、極力コントロールしてます。

でもここ数日で明らかに頬がこけてきたみたいな感じがしています。精魂吸い取りドラマですね。栄養ドリンクを飲みながら見るべし。

それにしてもアラビアや中国でも放映してんのに日本ではなんでやらないんでしょうね。ああ、みなさんにも見ていただきたい。

ところで、いま私が見ているこのステージ1ではクレオパトラとシーザーが子供をもうけるシーンがあるのですが、ここに出てくるクレオパトラが、ただただすごい。

いままでのステレオタイプな「高飛車で完璧な美貌の女王様」というイメージを完全に覆し、「男好きのする」オーラ放出しまくりの展開で迫ってきます。

たしかにシンメトリーな完璧美貌の女より、おとしいれられるのならこういう女でしょう。

舌ったらずな喋りっぷり。

熟してんだか幼いんだかわからない振る舞い。

バカなんだか頭がいいんだかわからない言動。

媚びたような、だけどどこを見てるんだかわからない大きな目。

アヘン中毒。

セックス大好き。

もち肌。

マリリン・モンローのエキスと、ケイト・モスを掛け合わせたような感じとでも言うべきか。

そう、ケイト・モスにもっと可愛らしさと潤いが入った感じ。そこに毒気の抑えられたペネロペ・クルスを混ぜた感じ。

クレオパトラはもともとギリシャの人なので、褐色の肌のエジプト美人ではなかったわけです。この事実に忠実に基づいていままでの映画も撮られてきてはいるんでしょうけどねえ……。

この『ROME』のなかの彼女は2センチくらいしかないベリーショートの髪型で、普段はへんなかつらをつけています。

ベリーショートにスッピン顔であっても男を見つめる目から放たれる強烈な磁気的魅力。肌から放たれるほのかな湿度。

女優さんの選択も当たってたんだろうけど、やっぱりこのドラマはただものじゃないですよ。びっくりしましたもん。女でも誘われたら断れないと思う。

そんな女だったんですよ、きっとクレオパトラは。

『ROME』最終章のショックより少し立ち直る

2006-11-24

壮絶な終わりだった……。

はあ〜あ……。

一日経ってやっと仕事ができる気分になってきた……。

（そんな悠長なことを言ってる場合じゃないのですが。まじで）

しかしつくづくこんなにすごいドラマなのに日本で放映しないっていうのはどういうことなんだろうねえ!?　え!?　なんで？　なにがダメなの？　下半身がたくさん出てくるから？　んなもの、古代の時代には豊饒のシンボルだもの、仕方ないじゃないの。

ダメならカットすりゃいいのよ、カット。

ほんと、おかげさまで、あたくしのなかでただひたすら排出されることなく溜まりまくった興奮と感動がガスになって膨張し、いまにも爆発しそうでございますよ。

語り合いたい……このドラマについて……語らせて……お願いよ……。

さすがに海外のファンのブログなんかはありますけどね。

でもほら、日本人の視点から見て語りたいってんですか？

うちの旦那も所詮は先祖のドラマっていう扱いで見ているわけですから、なんかこう義理人情の世界観を持った私と感動する箇所が違ったりしてですね……。

シリア・アパメア遺跡

シリア・パルミア遺跡

そうこうしているうちに来年早々ステージ2がアメリカあたりで放映開始らしいです。
いっそHBOの見られるチューナーを買おうかと思うくらい中毒症状が抜けません。

この冷めやらぬ熱の煽《あお》りで私がこれまで訪れた世界の古代ローマ遺跡をご覧ください。

いままでまったく自覚したことがなかったんですけど、今回のこのドラマ中毒症状といい、そしていままでこんなマニアックな場所にまで足を運んでいた事実といい、旦那もあたくしも、間違いなく古代ローマオタク以外の何者でもありません。

ちなみに旦那からもらった婚約指輪は古代ローマ時代の瑪瑙《めのう》のカメオ（某考古学者からこっそり購入）がはめ込まれたものです。

ヨルダン・ペトラ遺跡

シリア・ドゥラエウロポス遺跡
（古代ローマ帝国東側国境、後ろはユーフラテス川）

騒音サンドイッチ

2006-12-1

空き家だった下の階の部屋に、若者（男）が越してきた。

以前、熱々のカップルが住んでいて、ベッドのなかでの出来事がすべて筒抜けだという日記を書いたことがあるけど、まあ、それくらい造りの脆い築80年余りの木造の家なんで、この若者が音楽好きらしいのはとってもヤバい事態なのであった。

午後はずーっとクラプトンがかかってて、夜はずっとムーディーミュージック。選曲から察するにどうやら女と一緒らしい。

しかも音楽のスピーカーがわたくしの仕事机の真下にあるらしく、ベースのリズムが床を伝ってわたくしの骨まで振動させる。仕事にならん!!

問題はこれで終わらない。

わたくしたちの真上には、耳の遠い老人が一人暮らしをしておって、毎晩、すごい大音量でバラエティー番組を見ています。これはもうかなり前から我々を困らせている要素なのですが、「余生残り少ない老人に、テレビの音を消せなんてオレには言えない」と旦那は気弱な態勢。

でもこれじゃあ、うちが音のサンドイッチになってるじゃないか!!　下からはクラプトンにムードジャズ、上からはバラエティーの笑い声。

悔しいからリオのカーニバルのサンバを大音量でかけたら、隣でラテン語の勉強をしている旦那にめちゃくちゃしかられた。しかし、よく見ると奴の両耳に黄色いものを発見。

この騒音サンドイッチ対策として、なんと耳栓をして勉強をしているのだ！

私ももらったが、このときは耳の圧迫感が気になってダメだった。

仕方がないから音楽をヘッドホンで聞きながら作業を続けることにする。

ああ、先が思いやられる……。

そして仕事を妨害するモノ

2006-12-2

騒音問題もさることながら、最近うちの猫があたくしの仕事机の上がお気に入りらしく（おそらくライトの熱を求めて）、ずっとここにいる。

邪魔でどうしようもない。

だけど、なんかのけられない。

ああ、この怠慢で、ものぐさで、しあわせなオーラ。

睡眠導入効果が放出されまくり。

見つめていると、どんどん仕事をやる気合が失せていきます。

辛い。

明後日からモーレツ家族

2006-12-16

熱が出て飛行機に乗れなかったと言ってみようか……。

そしたらチケットを買いなおして来いと言ってくるだろうか……。

旦那はもう1週間前から仕事の関係で実家に戻っています。

そしてわたくしと子供と猫は明後日早朝の飛行機でモーレツ家族の待つ家へ向かいます。

そして、激しく辛い年越しをしなければなりません。

出発する前に読み切りの仕事を片付けるつもりだったのに、無理そうなので原稿用紙からトーンからネームから全部持っていかなくてはいけません。

考えれば考えるほど胃が痛くなりそうです。

しかも、先日イタリアに電話をしてみたら、なぜか誰も応答しなかった受話器のむこうからかすかに97歳の祖母の、「おしっこ、おしっこ、誰かおしっこ連れてっとくれ、もれるよう～、誰か～」という声が聞こえてくるではないですか。

誰もいないのに受話器が応答モードになり、なぜ婆ちゃんの声が聞こえてきたのか不思議です。

もれる状況に立ち会いたくなかったので電話は切ってしまいましたが、その後どうなったかは聞きそびれてしまいました。
いまは5分おきくらいに催すらしいです。
そんなときは連れてってあげないと。
イタリア家族定番年末イベントにおしっこに原稿。
頑張るしかないですね。

テルマエは一日にして成らず

2007-1-3 ~ 2008-1-4

新年明けました

2007-1-3

みなさま明けましておめでとうございます。

今年はイノシシの年なんですね。

年末、夫の実家へたどり着いてみると、台所周辺がなんだか異様な状態になっておりました。

「おお、よくきたねえ〜！」と近づいてきた舅は血糊の付いたエプロン姿。

しかも流し場にはなにやら生々しいものが積み重なっております。

よく見るとなにかの肉片みたいです。

ホラー映画でしか見たことないような、臓器っぽいものもあっちこっちに置かれています。

固まる私に、

「さ、荷物を片付けたらソーセージ作りを手伝ってもらうよ！」と意気込む舅と姑。

「こ、これは一体……」

「豚だよ豚！　マリ好きだろ、豚肉!!」

ニワトリ絞めに飽きたらこんどは腸詰かよ!?

あの家に立ち込めていた豚の脂っぽい空気は一生忘れられないものになりそうです。しかも出来上がった腸詰の量たるや、滞在中は毎日毎日食べさせられました。もう一生分の豚肉を食べた気分です。

NO MORE 豚肉!!

なんで毎度こんなすごいことしてくれんだか。誰かなんとかして〜。

やっと新年な気分

2007-1-5

イタリアで過ごした年末年始。

行く度におなじこと言ってますが、今回も間違いなく、

ハードワーキング・ホリデー。

という感覚だけを留めて終わりました。

しかも毎年ハードさのグレードが上がってるような気がします。

家のなかも行く度になんだかいろいろ勝手が変わっているのですが、今回は「これ一個で十分暖かいから」という、どっからか仕入れてきた80年前のストーブがありました。それ一個で巨大な家屋を暖められるはずはなく、家にいる生きものはすべて、その小さなストーブのまわりから離れようとしません。

暖炉がかたちだけ作られていましたが、まだ使えませんでした。

台所のド真ん中に巨大な鉄板焼きコーナーみたいなのが出来てました。インターネットで見た画像を参考に作ってみたらしいのですが、まだ使ったことはないそうです。使ったところであそこでなにを喰うのか不明です。

お好み焼きみたいにピザでも目の前で焼いて食べるつもりでしょうか。

5分おきにトイレに行きたがる97歳のばあちゃんの介護も半端じゃありません。連れて行かないとヒステリックになって泣きだします。さすが姑の母です。

豚を殺してソーセージを作るのも半端じゃありませんでしたが、毎晩いろんな人を呼んで食事を作るのも半端じゃありません。

姑に姿を見られたその瞬間になにがしかの仕事を命令されるので、私も夫も子供も2階の部屋にじっと閉じこもっていたのですが、なんせ寒いので結局階下のストーブの場所へ降りてしまいます。そしたらもうアウトです。

ああ、もう**ぜんぜん**休めませんでした。

もう**ぜんっぜん**。

仕事持っていったのに、それも**ぜんっぜん**できませんでした。

リスボンに帰ってきたこれからが、本当のバカンスです……。

海

2007-1-8

イタリアから引っ張ってきた疲労感やらなんやら、豚の匂いやら、そういったものを振るい落として今週から清々しく生活するための気分転換に、アルガルヴェ地方の大西洋へむかう。

南へむかう道には黄色いお花も咲いていて、なんだかすっかり春の空気。

海は若干時化《しけ》気味だったけど、やはり大地の端っこに来るっていうのはすごくいい浄化作用があるような気がする。

重たい腰を上げて良かった！

Marisa Monte: マリーザ・モンチという人

2007-1-12

私のブラジル音楽好きは小学校のときからです。

正しくは、ブラジル・キューバ音楽と言っておきましょうか。当時ＦＭで毎週日曜日にやっていた『中南米の音楽』という番組は欠かさずチェックしてましたよ。

小学校3年のときの学芸会でキューバの名曲「南京豆売り」をやることになり、私の担当楽器はマラカスでした。たったひとり、体育館のステージの一番高いところに立ち、マラカスを振ったこのときです。イベリア半島とアフリカの合体した音楽が自分を一番心地よくするものだと知ったのは。

まあ、とにかくそんなわけで通算30年ほど絶え間なくブラジル・キューバ音楽は聴きつづけてるんですけど、数あるお気に入りのミュージシャンのなかでも、音楽だけでなく、その人となりというか、その様子というか、その雰囲気というか、そういったものすべてをひっくるめて私がデビュー時から入れ込んでいるのがMarisa Monteというブラジルの歌手でございます。

年齢がおなじということもありますが、彼女のバイタリティーというか、創作意欲というか、自分の仕事に怖気《おじけ》を感じそうになったときにこの人のことを思い出すと、「よっしゃあ」と自分を奮い起こす力が体中にみなぎります。不思議です。

ざっとプロフィール。

リオのアッパーミドル育ち。

お父さんはリオのトップサンバスクール「ポルテーラ」で理事をしていた人だそうで、ずっと音楽に密接した暮らしをしてきたそうです。

14歳から声楽の勉強をはじめて19歳でイタリア・ローマへ留学しますが、ブラジルが恋しくて10ヶ月後に帰国。そこから彼女のブラジルにおける（そして世界における）歌姫キャリアが始動します。

１９８９年にデビューしてからいま現在までに売れた彼女のアルバム数は９００万枚。すごいです。

途中から自分で作詞作曲も手がけ、いつの間にやらギターを弾いて歌うようになり、プロデュースもするようになりますが、その開拓精神たるや目を見張るばかり。

彼女は自分のプライベートのことを、「私の生活なんてなにも面白いことなんかないわよ。取り上げるなら音楽のことにして」と言って、メディアなどに干渉されるのをすごく嫌いますが、それでもいろいろな恋愛が彼女のなかを通り過ぎていったようで、最終的に２００２年だか２００３年に自分より14歳年下の若者と結婚して子供を産みました。

（いろいろあるなかでもここが一番私的に彼女に親近感を覚える部分なのかも……。ひと回り以上違う年下夫を持つと生じるちょっとした悩みなんかもきっとおなじなんだろうな、などと思ってしまいます。ま、いろいろね）

リスボンで行われた彼女のコンサートへ行ったときにも書いたのですが、声が、やっぱり素晴らしい。ＣＤで聞く、その数倍いい。

最初に聞いたときからこの声は衝撃的でしたが、あまりに彩り豊かなので何度聞いても飽きないです。

妖艶さ。

少年のようなストイックさ。

熟成した落ち着き。

エスニック。

クラシック。

ジャズ。

これが全部混ぜあわされて聞こえてくる、声の万華鏡みたいな感じがします。

この人の審美眼と男をもたじろがせるパワー。そして女神が降臨したような引き寄せオーラ。

自分は歌うために生まれてきたのだというゆるぎない確信に満ちた表情。

女である以前に、生みだすことと表現することの使命を背負った人間。

「こんなすごい人をヨメに持ったら大変だよ。旦那さん影薄いけど、気の毒だな」

旦那がこんな発言をしましたが、そうかねえ。

こんなヨメを持てた旦那はラッキーじゃないかと私は思いますけどね。

彼女が日本に来たら、是非このお方を聞きに、そして見に行ってみてください。絶対にソンはありませんよ。

届かぬ原稿、そして忍耐力、そして私の嗜好する異性

2007-1-14

今回の年末のイタリア家族との日々もそうでしたが、我ながらいままで生きてきて随分いろんなタイプの、そしていろんなグレードの我慢を経験してきたなあ、と思っています。

でも、それでもまだ飽き足らず、さらなる我慢が私に挑戦状を突きつけてくるわけですよ。

例えば、12月22日にイタリアの郵便局から「一番早くて一番確かな」方法で送ったはずの、漫画原稿38枚がまだ届いてなかったり、とか。

もう3週間すぎましたけどね。

調べてみたらPC上では10日の時点でミラノで「処理中」。

あ、そうですか……。

へえ～。

締め切り、1月10日だったんですけどね～。

ほお～。

……どころじゃないよっ！！！　どういうことだい、これはいったい全体!?

昨日姑と電話で喋ってたのですが、あまりの腹立たしさ、鼻水涙声で怒りを訴える私を気の毒に思ったのか、姑があの手この手で私の原稿を追跡してくれたようです。
姑「こういう郵便があるはずだから確認してくれ」
郵便局「それはここではわかりかねます」
姑「もしその郵便物に爆弾が仕掛けてあるって言ったら？」
郵便局「えっ⁉」
姑「もしそれを触れた人すべてが感染する猛毒ウィルスが仕込まれてたらどうすんだい⁉」
郵便局「……」
……というやり取りがあって、結局最終的に調べられたというのですが、彼女いわく10日にはもう日本へ向けて発ったそうです。
PC上ではまだ「Milano」になってますけどね。
全然信じられません。イタリアの郵便事情、はっきり言ってどうしようもないですよ。経済先進国でこの有様。もう恥を知れって感じで、腹立たしさもここまできたら漫画のネタにもできやしない。
しかしこの腹立たしさを抱えて何日も過ごすのはあまりに重たく、そして過酷です。
だから、「原稿が届いてないくらいなにさ、締め切り過ぎたからってなにさ」と開き直れるなにかが必要になるわけです。

友達が紹介してくれたサイトを見たら、メキシコで郵便物が紛失したという情報がテンコ盛り出てたりして、そっかあ～、まだなくなってないだけいいのかあ～と思ってみたりしてみました。

うん、でもまだ軽くならないですね。自分よりグレードの高そうな苦労話を聞いても効果なし。それくらいショックがでかかったってことですね。

子供の頃に大好きだった絵本を読んで心を癒やす作戦を試みてみました。

『ちびくろおじさん』

いまから50年前のイタリア人作家Renato Rascelのものですが、ここに出てくる★「とてもちいさなくろいおじさん。しらないひとはくろんぼの子どもかとおもいました。でもまちがいなく　しろんぼの　おとな」である、孤独なピッコレットおじさんに私は惚れこんでいたのです。

ちいさくて、煙突掃除夫で、煤《すす》で真っ黒で、ひとりぽっちで、ふくろうと猫の友達しかいない。

1950年代というのはイタリアでは共産党が活性化していた時期ですから、絵本もその影響をうっすらほのめかせてしまうのでしょうが、いまだに私はこのお話も絵も大好きです。

で、ここで私はとあることに気がついたのです。

★レナート＝ラシェル『ちびくろおじさん』
（学習研究社）原文より。

私の異性を好きになるポイントが、どうもこのピッコレットさんに由来する部分がでかいんじゃないかってことを!

ちなみに私が小学生だったときに好きだった人気者たちは以下の通りです。

スナフキン。

ノッポさん。

『トムとジェリー』のトム。

大人になってからも好きになる異性への、根本的理想みたいなのはあまり変わってない。理想というより、自分に「合いそう」なタイプってんでしょうか(チューリップハットはポイント高い)。

生活力はなくてもいい。

社会性ゼロ。

だけどセンチメンタル。

詩人。

面倒を見てあげなければどうにかなってしまいそう。

華奢である。

早死にしそう。

または行方をくらましそう。

トムは、ちょっと例外かもしれませんが、こいつのいざとなったときの弱さや脆さ、情けなさ、やさしさ（アヒルのお母さんになってあげたりね）が私の子供心を射抜きました。バカなんだけど、一生懸命それなりに社会性を持とうとするけなげさもなんとも言えないというか。

まあ、いい。

そう、こうして確認していくうちに私はとあることを改めて自覚したのです。

私は**苦労性**なんだ。ということを。

耐えるのが私の性なのだということを。

それでも原稿への腹立ちは収まらず……。

原発事故のニュース

2007-1-16

前から不思議に思っていたことがあります。

昨日、旦那がBBCのニュースを見てて、

「日本のフクイってとこにある原発で事故が起きたって出てるよ!? 放射能を含んだ液がスプラッシュして作業員4人にかかったらしい!!」

でも私が日本のサイトで探しても、どこにもそんな事件の見出しは見当たりません。

そういえば、前にもこの「日本の原発トラブル」に関しての記事がBBCに出てたけど、日本の新聞の見出しには見当たらなかったので、「ってことはさ、たいしたことないんじゃない」と思って済ましてしまったことがありました。

あんまりたいしたことない、っていう気分じゃなくなってきました。なぜ日本の新聞には出てないのでしょう。

調べてみたら、東京新聞の記事しか見つけられませんでした。

外国にいたほうが日本のそういうヤバイ情報がよくわかるときがあります。

届いたそうです

2007-1-18

ええっと、お騒がせいたしましたが、昨年12月22日にイタリアの郵便局より発送された原稿が、昨日やっと編集部に届いたそうです。

イタリアの郵便追跡サイトで調べると、私の原稿はいまだに「ミラノにて処理中」という扱いになっていますが。

日本の郵便追跡サイトで調べると、成田に着いたその瞬間から分刻みで次の段階へ移り、講談社最寄りの郵便局に発送され、そこから「お届け先」に荷物が届くまでの詳細が見事に出てきます。

やっぱり日本はこういうところがすごいですね。

でもこのすごさに慣れてしまうと、外国では怒ってばかりいなければならなくなります。そこが問題ですよね。

考えてみれば私が初めてイタリアへ行ったころは、まだパソコンも普及しておらず、携帯電話もなく、国際電話も相手の喋ったことが5秒後くらいに聞こえてくる、という有様でした。それでもなんとかなってると思えていたわけですからね。

それがいまではすっかりパソコン依存な生活になり、スカイプで海外のどんな遠くにいる人とも快適な無料通話を楽しめる状態になっています。

時代の変化は著しいですね。

とにもかくにもあたくしは原稿が届いてくれたことによって、すっかり気抜け状態でございます。

まるで一生分の仕事を果たしたような気分になってますが、いけませんね。

気を引き締めて頑張らないと。

泣きっ面に……

2007-1-22

風邪をひいてました。

正確には、年末にイタリアで小姑が「ぐあいわるい〜」といいながら、人前でふらふらしていたときに感染し、そのままポルトガルまで運んできて温存しつづけていた、その菌が爆裂しました。

余談ですが、くだんの小姑は現在水疱瘡《みずぼうそう》にかかっているにもかかわらず大学に行ったり働きに行ったりしてるそうです。

「あの子ってほんとにえらいわよねえ〜」と姑。

……イタリア人は菌を人にうつすことにうしろめたさを感じないのでしょうか。そんなことはないでしょう。この家族だからそういう解釈してんでしょうね。「うつされた人が悪い」と。

まあ、そんなわけで金曜からずっと動けない状態だったのですが、病気慣れしていないのか、たとえどんなに調子が悪くてもベッドでじっと寝ているなんて私には無理なんでございます。

動けない体勢でいながらも、目だけは動かしていろんなところを見ていたら、本棚のホコリが気になりはじめました。早速雑巾を絞ってきて本棚掃除を開始しました。

そのとき、一番上の棚に飾ってあった写真の額が落下して、わたくしのオデコを直撃。あまりの痛さにその場に固まることしばし。大きな音がしたにもかかわらず誰も様子を見にきてくれない。押さえていた手を見ると血が出てます。オデコを額の角が直撃したようでした。

旦那に見せにいったら「具合が悪いのに寝てないのが悪い」と一言。

具合が悪くてしかも痛い。最悪です。嫌なときには嫌なことが続くものですね。

今日はちょっと調子が良かったので、うちの子供が前から参加したいと言っていた「子供フリマ」へ一緒に行くことにしました。あるだけの「売っていいもの」を持って、春のような心地の会場へ。

売れる売れる！　なにが売れるって、日本のものがです。家にある封筒から切手を切り取ってここへ持っていったのですが、これがあっという間に売れてしまいました。びっくりです。ポルトガルには切手コレクターが多いようです。

最大でも1ユーロ以上の値段をつけてはいけないという条件のなか、売り上げは20ユーロ。まあまあじゃないでしょうか。

家に帰ってきたら鼻水が止まりません。

「やっぱり家にいたほうがよかったんじゃないの⁉」と攻撃的な夫。

自分ではすっかり菌を撲滅させたつもりでいたのですが、まだ残ってたんですね、この様子だと。

子供がそんな私を気の毒に思って売り上げでアイスを奢ってくれました。

オデコは腫れて瘤鯛《こぶだい》みたいになってきています。

でっかい抗生物質

2007-1-31

結局風邪がぜんっぜん治らなくて、ついに医者が来てしまいました。

現れたのは180センチはありそうな、縦にも横にもでっかいアフリカ系の女医さん。

「ほれ、喉見せてみな！」

「あーん」

「あ〜ダメだ。きてるわ。あんたこんなになるまでほったらかしておいてダメじゃないの」

「すみません。でも治るかと思って」

「ダメダメ、治るわけない！　はい、聴診器あてるからさっさと服上げて！」

という、頭ごなしに叱られるような感じの往診があったあと、服用せよと指示されたのが抗生物質。

でっかいんだよ、ほんっとにこの薬は!!

飲むと喉につっかえて吐きそうになるんだってば!!

だから粉々に砕いて飲んでみました。

震撼するような、形容できない、恐ろしきクソ不味さでびっくりしました。外側のつるつるが溶けると、あんな味になってるんですね。

もうずーっと外にも出てないんですが、さっき鏡を見たら日に焼けた国籍不祥の登山家みたいな雰囲気になってました。

禁断の食物

2007-2-5

旦那が大学の用事でイタリアに2週間ほど帰ってしまいました。

おかげで姑からの一日3回電話も来ないし、食事の支度も焦ってしなくていいし、旦那には悪いけどかなり息抜きできてます。

で、彼が行ってしまったその日から、息子とふたりで普段「禁止」されている食べ物を食べまくり。

＊インスタント食品などの保存料が入っているもの
＊赤色何号、などの合成着色料が使われているもの
＊スナック類など油脂の多いもの

前にも書きましたが、ロハスな姑にがっちり自給自足促進精神を叩き込まれてきた旦那は、一緒に買い物などに行くと私の買い物籠のなかを見てそのなかに放り投げられている菓子などをさりげなくチェックし、「そんなものばっかり食べてると早死にするよ」などとケチをつけてきます。

でも、私はそんなヤバイものがテンコ盛りに入ってる食品をもりもり食べて育ってしまった世代なので、こういうモノなしでは気持ちが萎えてしまってダメです。タバコはとっくのむかしにやめたけど、こういう食品を自分の人生から断つなんてことは、とてもじゃないけど考えられません。

そういえば以前まことしやかに、「昭和40年代以降の生まれの人は40歳以上生きられない」とかいう噂が流布しましたっけねえ～。でもそんなこと言われてもねえ～。もう遅いわ。毒は避けるより摂取してそれをも消化できる機能を鍛える、それが私のモットーです。

そんなわけで昨日は一日毒々しいもの食べて過ごしました。

ハッピーでした。

日本ではたぶん禁止されているであろう真っ赤なイチゴ色の色素を使ったゼリーとかもポルトガルにはあって、これがウマい。むかしあったイチゴミリンダを思い出させてくれます。

スナック菓子も人目をはばからずテレビを見ながらバリボリ食べる。

(友達の送ってくれた『はねるのトびら』という数年前の深夜番組のDVDも見ました。これ、旦那のいるところではいろいろ面倒なので見ないようにしていた)

そして〆は韓国製の激辛カップラーメン。

ああ、胃が痙攣しそう!!　サイコー!!

毎日これやりたい〜!!

……しかし夜、胸焼けが最高潮に達し、結局胃腸薬を飲まないと眠れませんでした。

風邪をひいて抗生物質を飲み続けてたから、胃が弱ってしまったんでしょうか。

イタリア・ロハスが知らないうちに私の体をコントロールするようになってしまったんでしょうか。

今朝はちょっとなにも食べたくない感じです。

菓子描き込み過ぎ

2007-2-10

昨日発売になった講談社の漫画誌『One more Kiss』に、あの、イタリアから送って全然届かなかった読み切り漫画が載っています。

昨日の発売日にリスボンに本誌が届きました。

ほんっとにこの欧州の郵便事情って一体どうなってんだか謎ですよ、謎。まあ早く着くことにはなにも文句は言いますまい。

イタリアから一ヶ月かけて届けた漫画は、私が小3くらいのときを思い出して描いた、かなりベタな昭和モノです。

これを描いている最中、頭は完全に小学校時代にフラッシュバックしてしまい、食料品店の菓子売り場のコマを描くのだけで丸一日くらい費やしました。頭のなかにどんどん当時のお菓子が浮かんできてとまらなくなり、そのころの私がいかに小遣い不足で買いたいお菓子も買えない欲求不満に陥っていたかが実感できるほどでした。

グリコ、でっかい箱のやつあったよな。取っ手がモールになってて。

とか、

キャンディ・キャンディのオマケが入ってるキャラメルもあったよな。

とか、

スヌーピーのスライドするプラスチックの箱に入った、鉄アレイ型のへんなチョコもあったよな。

日本から離れていると、こんなにも素晴らしい集中力で記憶を手繰り寄せることができるんですね。

もしコンビニや本屋さんで見かけたらご覧になってみてくださいね。

一ヶ月かかって届いた漫画です。ふふ。

ところで昨日は旦那がイタリアのパドヴァ大学というところで偉い先生を前に口頭試問をされた日でした。小姑から写真が送られてきました。

彼がこんな怖い思いで頑張っているあいだ、私と子供はこちらでジャンクフード祭り

を開催中。

猫も目一杯寛いでます。お陰でこの仕事机全体が猫の匂いになってます。

オタク道まっしぐら☆

2007-2-11

アメリカではすでに今年に入ってからシーズン2が放映中だそうです、HBOの大河ドラマ『ROME』。

ヨーロッパはまだまだ先だろうなあ～。

シーザーが死んでからの混乱と怒濤のローマ、三頭政治やクレオパトラのたくらみ、ローマ帝国樹立など、もう想像しただけで我慢できません。

毎日この取り止めのない思いを抱えたまま、HBOのHPやらYouTubeの映像を見たりして過ごしていますが、のめりこみすぎて、あとちょっとで『ROME』Tシャツを通販で買ってしまいそうになりました。

やばいです。こんなTシャツを着て外を歩いたら周囲から完全なオタク扱いを受けるでありましょう。

平常心を保てる、その限界にきてるということでしょうか。

ところで初代ローマ帝国の皇帝といえばアウグストゥス。

もともとの名前はOctavianus。

ドラマのなかではMax Pirkis君という少年がこのOctavianusの若かりし頃を演じていたのですが（以前にもこのMax Pirkisの容姿がうちの旦那に酷似している云々と書いたことがありますが）、とうとう大人役の俳優と交代してしまったそうです。

大人のOctavianusを演じるのはSimon Woodsという人なんですが、なんかダメじゃん。似てないじゃん。目の色や肌の色をのぞいて全体的な雰囲気に類似性がまったく見あたらないっていうか、大体そんなに大人に変化してるわけでもないし、なによりもまず初代皇帝の貫禄がない!! Maxの醸しだしていた小生意気で短気で傲慢なノーブルさが受け継がれていない!!

でもってローマ帝国樹立を司る三人組もみんなまだ高校生みたいじゃないか。

こりゃ早速HBOの『ROME』のコメントページに不服の訴えを書き込まないと!

……いや、書き込みませんよ、もちろん。我慢しますよ。まだドラマ自体を見てないから書き込む筋合いなんてないし。

ああ、ダメだ。

中学時代にカジャグーグーというイギリスのポップスバンドに惚れて眠れなくなったことあったけど、あの感覚に近いです。

私のなかのミーハー熱がふつふつと湧き上がってきています……。

白い紙には気づいたら古代ローマ人のスケッチばかり書き込まれてます……。

大丈夫かな、あたし……。

古今東西の風呂考察

2007-2-14

日本人ほど風呂好きな民族ってほかにいるだろうか。中東に暮らしていたとき、とある町でむりやり「ハンマーム」という公衆浴場に引きずり込まれたことがあるけど、あれは「浴場」ではなくてサウナに近いものがあった。

みんな弁当とかをなかに持ち込んで、下着姿のままそこで日がな一日座り込んで過ごすんだそうだ。でもこれはちょっと日本の風呂のくつろぎ方と違う。

うーん、時代を無視していいのなら、匹敵できるのはやっぱり古代ローマ人だろうな。無類の風呂好き。帝政期にはローマの町だけで千を超える公衆浴場があったそうだ。

形式は、いろんなのがあったみたいだけど、冷たい水に入るか泳ぐかして、そのあとにサウナみたいなので温まってから高温室ってとこで40度くらいの湯船に浸かって、最後はまた冷水浴だったらしい。

復元された古代ローマの風呂

風呂なしの人生なんて彼らには考えられなかったみたいで、午前中で仕事を終えたら横になって長い昼食。で、そのあと「じゃ、そろそろ行きますか〜」とみんなで公衆浴場に繰りだす毎日だったそうだ。

日本の公衆浴場との違いは、造りがゴージャスな総大理石だったりしたことが一番にあげられるだろうか。

最終的にはこのローマ風呂、いまの日本のスーパー銭湯みたいな一大レジャーランドに発展していくのだそうだが（売店、レストラン、図書館、でもって風俗のお姉さん方もいたらしい）、キリスト教の広まりとともに衰退します。

かつて私がTVのレポーターで様々な温泉に浸からされていたときのお決まりのコメントに、

「ああ、もうほんっとに日本人でよかったよ！」

ってのがあったんだけど、これとおなじ感慨を得たローマ人もきっと少なくなかっただろう。

「ああ、もうほんっとにローマ人でよかったよ」と思ったローマ人はたくさんいたはずだ。

なんでこんな考察をしてるのかというと、ただ単純にうちに風呂がないからです。

家を建てるなら、風呂を中心にした家にしたいです。

イギリスのバースにある、古代ローマ遺跡

日本の銭湯にはこの籠ですね、やっぱり

風呂中心の生活、思い描いただけでも素晴らしいです。

カーニバルの休日

2007-2-19

ただいまブラジルのリオやサルバドールなどでは、盛大で熱いカーニバルが開催中。ブラジルだけではなく、世界の様々なキリスト教の国々で今週の「灰の水曜日」までどんちゃん騒ぎが繰り広げられるのですが、ここポルトガルでもあっちこっちの町でカーニバルをやっております。子供の学校も水曜までお休みです。

それで昨日の日曜、雨続きの不安定だった天候が一旦落ち着いたかのような青空が広がっていたので、衝動的にまた南方面へドライブへ行くことに決めました（ずっと風邪をひいててストレスもたまってたし、息抜きってことで）。

目指すは前に一度行って結構気に入っていた古代ローマ住居跡のある Algarve 地方の Vidigueira という田舎町（ここは大航海時代にインド航路を発見した Vasco da Gama が死後埋葬されたとされている）。

ポルトガルは古代ローマ帝国時代には最西端の属州だったわけですが、探してみるとこの国にも当時の遺跡がかなり残っています。

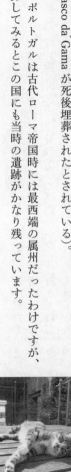

Vidigueira はイタリアのガイドブックに出ていたので、訪れたことがあったんですが、古代ローマ崩壊後も修道院として用いられていたために保存状態がよく、当時の家屋の構造がかなり詳細まで観察できます。それと、あんまり知られていないせいか、いつも誰もいないのがいい。今回も私たち三人だけ。

　しかもあたりはもうすっかり春の兆し。

周辺には羊も放牧されてます（黒い羊かわいかった！）。

現在ここにはマリアちゃんというニャンコ嬢が御住まいで、家屋のなかに足を踏みいれると、「ニャオ〜ン」と奥から出ていらっしゃいました。そして私たちを先導してくださり、最後には日当たりの良いところでごろりと気持ちよさ気に横になられて、そこで我々を見送ってくださいました。

次の写真はこの辺一帯を領地としていた金持ちの地主さん宅の浴場跡と暖房装置です。

個人宅でこんな小カラカラ浴場みたいな設備があるなんてすごいもんです。

紀元後120年ごろに出来たんだそうです。ローマ帝国の瀟洒《しょうしゃ》な様子がこんな僻地のヴィラからでさえ感じられるのですから、その規模たるや、まったく壮大なもんですよ。

で、帰ろうとしたら受付のおばさんが、

「あら、ちょうどこれからカーニバルのパレードがあるから見ていきなさいよ！」

と言うので、せっかくだから見ていくことにしました。ポルトガルのド田舎町のカー

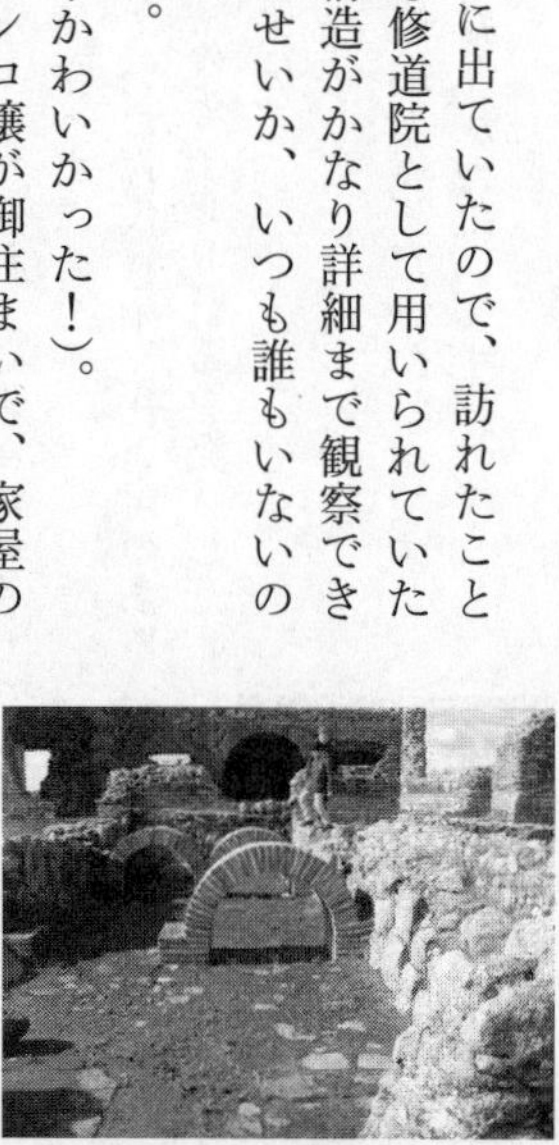

ニバル。

面白かったです。山車はトレーラー。農家のオッサン、若者総出で、まったくなんの調和も統一感もないめちゃくちゃなパレードでしたが、いい味出してました。

アグリカルチャーな土地に暮らしていなければわからないような「糞転がし」という、馬糞や牛糞を丸める虫に扮装する楽しげな若者やら、女装のごっついオヤジやらがいました。リオのカーニバルもいいけど、こういうゆるいやつも癒やされていいなあ、と思いました。

古代ローマと田舎のカーニバル、ものすごくへんな組み合わせですが、有意義な休日でした。

スペイン・メリダの古代ローマ遺跡群

2007-3-14

往復600キロすっ飛ばして世界遺産の古代ローマ遺跡があるスペインのメリダまで行ってきました。

ここを訪れるのはポルトガルに越してから2回目ですが、衝動的に

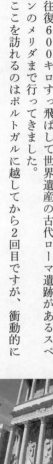

思い立って遠出をするには、特に古代ローマ好き家族の我々にとって、もってこいの場所。

日本からお客様が来ていたこともあったのですが、自分のまわりの世界が狭く感じられるようになってきたときに、壮大な時間が経過した遺跡を目の当たりにするのは非常にいいものです。目先の小さな問題などどうでもいいように思えてくるようになります。

イベリア半島はすっかり春めいてきていて、できればここに咲き誇っている花の下、ローマ遺跡を見ながら花見でもしたい気分でした。

ちなみにメリダとは紀元前25年にアウグストゥスの命令で建てられたローマの属州「ルジタニア」の首都で、ローマ帝国でも重要な都市のひとつだったところです。メリダはスペインのなかでもっとも重要なローマ建築を残していて、「メリダの考古遺産群」は世界遺産に登録されています。

何度来てもかっちょいい街です。

陶器のドアノブ

2007-3-19

リスボンの本日の気温は25度。

ちょっと気分転換しに、いつもの行きつけの浜へ出向こうと思ったら、今日はリスボンマラソンでテージョ川にかけられた橋が通行禁止になっていたので、仕方なく急遽行き先を変更し、最西端のロカ岬のそばの浜へ。

そこで握り飯とパニーノを食し、寝そべって漫画を読んできました。

(読んだ漫画は松田洋子さんの『赤い文化住宅の初子』。これは映画になったそうです！　見たい!!)

青い空と青い大西洋、すでに水着姿のポルトガル人（いくらなんでも気が早すぎ）を横目に読む松田さんの世界は、なんとも心にしみる。

たぶんここんところ私は春ボケと疲れが重なって結構参ってたから、初子が改めて染み入るんだろうな……。

疲労感の表れとして3日前こんなことがありました。

家の男衆が出払ったのでそのあいだに掃除をはじめたわたくし。いつものように全身の力をみなぎらせて掃除機をかけていたわけですが、我々の寝室のドアノブを握った瞬間、陶器で出来たそのドアノブが「グシャバリッ」と音を立てて粉砕。

ふと見ると、ドアノブを握りつぶした私の左手が血まみれに。

さらによく見ると、親指の付け根に魚のエラみたいなものが。

さらにさらによく見ると、粉砕した陶器のかけらが突き刺さってました。

全身から力が抜けました。だって、ニクが見えたんですもの。

黄色い粒々みたいな、なんだかわからないけど、よく豚肉なんかで見かけるような断層が見えたんですもの。

しかし家には誰もいないので、「うおおおっ」と大声を上げる気にもならず、ただ黙ってしゃがんでしばらく考え込んでから、インターネットで「切り傷の処置」を調べました。

下手に消毒してはいけないそうです。ただひたすら水で流し洗うこと、と出ていたのでまずそうやって水で洗浄。でも血が止まらない。

やばい、これはもしかして病院で縫ってもらったりしなけりゃいけない傷なのか？ いや、でも縫うってのは要するに傷が動いてくっつかなくなるのを防止させるための手段でしかないはずだ。ならばこうやって押さえ続けていればくっつくだろう！ などと問答しながらトイレットペーパーで血を吸い取り続けました。

結果、血は止まり、絆創膏で処置。

しばらくして帰ってきた男衆に壊れたドアノブと私のエラ傷を見せてあげたら吐き気を催していました。男って痛みに弱いっていうけど、ダメね。

3日経って今日は傷がめでたくくっついています。人間の体の再生力ってすごいもんですね。

考察。リスボンいいとこ

2007-3-22

はっきり言って住み心地いいです。

ここに暮らしている日本の、特にお仕事でいらしているような方たちは不満不服で満ち溢れているみたいですけどね。

イタリアで苦労テンコ盛りの生活をこなしてきたわたくしには、ほぼ理想郷でございます。

都市なのに都市の驕りがない。

人の親切さが似非《えせ》じゃない。

人の様子が表層的じゃない。

日本がさっさと排除してしまった「古き良き」光景が暮らしのなかでいきいきと現存し続けている。

謙虚でありながら、尊厳を保つ人が多い。

晴天率ヨーロッパ一番。

人間至上主義&合理主義のヨーロッパにおいて、自然とむかいあったときの人間の儚さを最も自覚している雰囲気。

以前長きにわたって暮らしたイタリアは、確かに歴史をとってもすべての文化においても、全世界の人たちを虜にする要素満載ですが、そのおかげで「オレ様万歳」的な横暴さが染み出てきてしまっています。「イタリアっていったら明るくて楽しくてみんないい人でおしゃれでセンチメンタルでニューシネマパラダイス」みたいな解釈をされていることを自覚してしまっていて、謙虚さのケの字も感じられない場合があります。

ポルトガルは確かに不便だったり、ボロかったり、人が頑固すぎて困ったり、いろいろあります。

でも私はどうしても日本の便利さや円滑さが人間のライフスタイルとして最高のものだとは思えないのです。

みんなそれぞれですからね、日本至上主義でも別にいいんですけど、でも一応海外に出てきてるわけだから、それなりの覚悟やら礼儀やらあっていいはずなのに、そういう人にかぎって、基本的な礼儀作法とか全然なってないし、そんな自分に気づきもしない。たまらんです。

うちのおむかいに暮らすおじさんは、私たちが越してきて間もなく水道が使えない苦労を察知して、私たちが留守をしているあいだに家の扉の前に水で満たしたでっかいタライを10個も置いておいてくれました。頼みもしないのに。親しいわけでもなかったのに。

で、お礼にプレゼント持っていったら、「絶対受け取れない」と頑固に断られてしまいました。そのときはなにもそこまでかたくなに断らなくても、と思ったんですけどね。そのための親切だとは思われたくないってのが、あったんでしょうね。

ぼろいだの田舎だの言われてますけどね、本質的には寡黙な大人の国っていう感じがいたします。

私はグルメじゃありません

2007－3－23

あたしが子供だったころ、いや高校まで範囲をのばそう、「チーズ」っていったら、石鹼みたいに硬いプロセスチーズしかなかったような気がするんですよね……。あ、あとスティック状のやつとか。

でっかい長方形の石鹼みたいなやつには表面に包丁で切り込むための目安の赤い線のついたビニールの包装がしてあって、なかなか全部食べきれなかった。

で、ワインってもんも、赤玉パンチのポートワインってやつで充分贅沢な感じがしてたもんですよ。まだ飲めたわけじゃないけど、ワインってったらそれくらいしか思い浮かばなかった。

それがいまの日本には、ヨーロッパにも存在しないようなワイン・チーズ通の人がたっくさんいて、生ハムだのハモンイベリコだの、こっちの人でさえ詳しく知らないようなものを日本の高級食材店で手に入れて食べているらしい。

イタリアでは紀元前から手塩にかけてワインを造りつづけてきて、歴史を土台に、バローロだのスーパートスカーナだの（よく知らんが）を生産するに至ったわけですよね。でも、たぶんそんな高級なワインはベルルスコーニ首相だってしょっちゅう飲んでないわけですよ。

バールで出されるワインだってレストランのハウスワインだって名称不確かなもんだけど（もしかして残ったもの混ぜてんじゃないの、って思うこともある）、不味いと叫んでる人なんて見たことないですよ。

チーズもウォッシュタイプだのなんだの、専門家なみの知識を持った人が増えてて、「このワインなら絶対ウォッシュタイプがいい」とか蘊蓄垂れられても、わからんのですよ。なんだよウォッシュタイプって!! イタリア人もポルトガル人も一般人は知らんでしょうね、そんな言葉。

ダメ。あたしはグルメではありません。

だってなんでも美味しいと思えるから。

旦那の実家のゴムみたいな鶏肉以外なら大体全部美味しいですよ。ほんと。

ワインも酸っぱくなけりゃなんでもいい。

なのにヨーロッパに暮らしているという先入観で、「ワインはどの地方の何年ものがいいですか」とか聞かれてしまうのには、ほとほと疲れました。知らんわ、そんなこと。

そういえば日本って、外国で長い歴史とともに築かれてきた優れもの文化をなんでも導入しては、それをあっという間に吸収してしまうのが得意ですよね。

欧州人もびっくりのテクニックを持ったクラシックの音楽家なんか見てるとそれを感じます。

……どうも最近お付き合いしてて疲れてしまう日本の人がみんなそういう「グルメ」タイプだったもんで愚痴らせていただきやした……。

ラブ絵葉書

2007-3-25

昨日東京からポルトガルへレンタカー一周旅行にいらした3人家族のお客様を、リスボン観光にご案内いたしました（午前中のみの半日で終わらせるつもりが、結局、鰺やイカのグリルだの食べてたら夕方になってしまいましたけど）。

その急ぎ足での観光中、ふだん通らない小路なんかに入ってみたところ、ポルトガルのむかしの商品などを再現したものを扱ってる面白いお店をみつけ、そこで2枚の絵葉書を購入いたしました。

1枚には、小さく下のほうに「Para ti, meu amor」（君のために、愛する人よ）と銀文字で印刷されております。ラブ絵葉書として用いられていたのでしょうか。そしてもう1枚はこの続きで撮影されたものらしく、おなじ登場人物だけど背景が変わっています。

セリフを入れるとすれば、こんな感じでしょうか。

1枚目。

男)「ねえ、すぐそこにとってもオススメのスポットがあるんだ。行ってみないかい?」

女)「え〜、あたしもう歩くの疲れたわよ。なによそのオススメのスポットって……」

2枚目。

男)「ほうら、どうだい。なかなかいい場所だろう?」

女)「そうね、かなりしょぼいけど、この上に乗れば見晴らしもいいわね。あんたのことちょっと見直したわ」

気になるのは女性モデルの気の乗らなさそうな表情です。ちっとも楽しいデートに見えない。額に波型の皺を寄せながら必死で気を配る男性の様子が痛々しくもあります。30年ほど前のものだと思われますが、巧妙なつくりの合成写真でございました。

ところでこの3人ご家族御一行様はその後オビドスという町を目指して出発されましたが、ご主人は飛行機のなかで眠れず、しかもリスボンに着いたその夜も、日本から仕事の電話がかかってきて一睡もできなかったんだそうです。

「……The日本の働きマンだ……」とうちの旦那は衝撃を受けてましたが、ご主人はその疲労感を外には放出させない術を持っているのか、見た目は至って平気。私もそうだけど、ガタイのいい人って疲労感を醸しだせないんですよね。

でも昼食で大好きであろうはずのアルコール摂取をかたくなに拒んでいるのを見て、「かなりキてるな」と察せられました。見知らぬ土地での遠距離車移動、大丈夫かしらと思うも、奥様と12歳のお嬢さんがものすごい「しっかりものオーラ」でお父さんを支えているようでした。

見送った旦那も「あのシニョーラが一緒だからきっと大丈夫だね」と安心した様子。

いまごろどこぞでうまいポルトガル料理でも召し上がってることでありましょう。

ひと月の生活費

2007-3-26

ここポルトガルにおいて、一体、ひと月に私たち家族はいくらくらいで生活をしているのかが知りたくなって、人生で初めて家計簿をつけてみました。

収入を計算してみても、現在隔月雑誌で5ページのコラム漫画連載と、小説の挿絵と、たまーに40ページくらいの読み切り漫画を描いている私と、ほんのちょっとの研究費をもらっている旦那とを合わせても、たぶん以前日本で借りていたマンションの家賃にもならんでありましょう。

幸い旦那の両親が何年も前に哀れな友人に貸していた「訴訟をしても返ってこないと諦めていた」お金が思いがけず返済され、その予定外収入で「転売投資」を目的にリスボンのいまの家をぱーんと買ってくれたおかげで、毎月の住宅ローンってのはありません(へんに潔いのがこの両親)。

住宅ローンがないってのは、はっきりいって大変でかいですね。

車も旦那が細々と貯めたお金で買った4年前の中古をいまだに乗ってるし、電話も日本にかけるときはスカイプのただ通話だから全然かからない。暖房設備がないから光熱費だってたかが知れてるし(風邪はひきますよ。いまも今年になって3度目の風邪中)、フロもないから水道料金もかからないし、子供の通う公立学校はコストゼロ。いまは携帯も使ってないし、衣服だって見せるような場所に行かないから古いのを引っ張りだして着ればいいし、読みたい雑誌もない。

かかるのは食費くらいなわけですよ。

それと衝動的な遠出にかかるガソリン代とか。

漫画原稿を送る送料とか。

で、計算してみたら、だいたい月に600〜700ユーロくらいなわけですね。たまの外食を入れてもそんなもん。

いまはユーロ高だから日本と比べてどう、っていう比較はできませんが、要は日本で言えばだいたい6、7万の感覚で家族3人が食べているような感じです。

それにひきかえ、日本では4、5種類の仕事で毎日を埋め尽くしていた私ですが、月末になると手元には全然お金が残らなかった。6、7万なんて、ちょっとこじゃれた服やカバンを買ったら塵のように消えてしまう金額です。

テレビに出る服も自前だったから、「コレは3回も着たから、もうダメだ」とかやってたら、どんなに働いても足りない。大学の女子学生が厳しくチェックを入れてくるのでイタリア語講師らしいミラノマダム風を装おうとアホみたいに意気込んだりもしてました。

そんな表層的で忙しい暮らしのストレス解消のために3ヶ月おきに海外に出て、「あたしはこのために働いているのだ、これだから働き甲斐があるのだ」と納得しているつもりになってましたが、はっきり言ってそれだってお金ですからね。旅行に出た分、また働かなければならんわけです。

仕事をすればするほど、お金がかかるってのはヘンな話です。

私が日本の仕事を漫画以外すべて切って海外に戻る決意をしたときにまわりは、「これから本当に大丈夫なの？」と不安そうにしてましたけど、先のことを考えすぎてたらなにも行動できませんからね。なるようになる！　野垂れ死にしなけりゃいい！　雨に打たれなけりゃいい！　と、かつての留学時代に築いた貧乏魂が決断させた感じです。

貧乏魂に怖いものなし。

最近は「もっとお金があったらなあ」なんて考えることも一切なくなりました。どんなに意気込んでもその人ひとりの人生に回ってくるお金の量って決まってるような気がしてならんのです。

まあ、ポルトガルっていう国がどこをどうむいても金の動きを感じさせないほどのどかな国だから（早い話が不景気）、ってのもあるんでしょうけどね。

無欲になったなと思います。

あ、でも老後どうしよう。

老後はイタリアの実家でニワトリの飼育でもして暮らせばいいか。

ポルトガルを行くさとなお氏

2007-3-26

メールボックスになにやら緊急気味な空気を放つメールを発見。

しかも差出人「さとなぉ」。

先日リスボンで半日観光をご一緒させていただいたご家族のご主人だ。

あら？ もうポルトガルのどこぞでPC接続できちゃったの？ さっすが……と思って読んでみると、

「い、いただいた電話番号がつながらんのですが！」

え？

その文の下に私がメールで送った電話番号が貼り付けられています。

「ここにかけてもつながらんのです！」

こ、これ……ち、ちがうじゃないか。

思いっきり番号が間違ってる。

誰だ、こんな偽電話番号を書いたやつは！

あたしだ。

あたし、自分の家に電話かけないんで、よく知らないんですよ、自分ちの番号。

……なんて弁解になりません。

なんせお別れ前に、「なにかあったら必ず電話してくださいよ。どんな些細なことでもいいから電話ね！　絶対ですよっ!!」とお節介ババアのように口をとんがらせて叫んでいたにもかかわらず、なんたる失態であろうか!!

あせってさとなおさんの携帯に電話をすると、

「ち、ちょっと待って！　もうちょっとしたらかけなおして！」

と、なにやら大変お焦りの様子。なにがあったんだろう……。

「え？　車ぶつかったって!?」と縁起でもない憶測を堂々と口に出しながら旦那が駆け寄ってくる。

「いや、なんかそんな雰囲気ではないけど、でもなにかが起こってるような声色だった」

「は、早くもう一回かけてごらんよ！　どうしたんだろう!?」

もう一度かけてみると、さきほどより幾分落ち着いたさとなおさんの声が受話器のむこうに聞こえた。その途端、大声で「大丈夫ですかーっ!?」と叫んでました。「ごめんなさいーっ。あたしーっ、大バカものでしたーっ！！」。

そばで「あんた声でかいよ、ちょっと怖いよ」と旦那。

「あの、実は妻がおなか痛くなっちゃって……ははは」

「ええーっ!?」

笑ってるゆとりがあるように一瞬聞こえるが、実際はかなり引きつってる可能性もある。手に汗が滲み出す。

「いや、いまとりあえずレストランのトイレに……」

ここからじゃすぐに駆けつけられる距離じゃないしな……、でももっと深刻な事態になったらすぐに行ってあげねばと心の準備を決める旦那と私。

お腹か……。

そういえば優子夫人ったら、リスボンでの半日観光のときも最初に訪れた市場のチーズ売り場で、「あたしこれ！　あたしこれ味見する!!」と、私でさえ買ったことのないフレッシュ系のチーズを指差して興奮なさってたんですよね。人差し指の先にはガラスのショーケースに食い込まんばかりの力が込められてました。

で、それを注文しているときに、隣のおばさんが注文していた辛そうなサラミに視線が釘付けになり、「あっ、あれもおいしそう！　あれも味見したいな!!」ということで、チーズと一緒にそのサラミも購入されました。

早速、近所の公園で、カードゲームで盛り上がるおっさんたちを眺めながらもりもり試食会をしたんでございますが、

「おれさ、フレッシュチーズをそうやって食べる人見たことない」と、フレッシュチーズを鷲掴みして頬張る妻に向かってさとなおさん一言。

私は「ああ、ほんっとーにチーズがすきなのね、きっと優子夫人の血はチーズで出来ているんだわ」と思って惚れ惚れその食べっぷりを見つめていたのですが……。

ま、まさか腹痛を催されてしまったなんて!!

っていうか、どこへ行っても、もしかしてあんな調子で試食会しまくりだったりしたんじゃ!!

ああ、どうぞ回復してくださいますように。

で、次に受け取る電話は「なんだかすっきりしたみたいです!」でありますように……。

ポルトガルを行くさとなお氏　その2

2007-3-27

昨日の夕方、宿泊先であるBelmonteのポウサーダに到達したと、さとなお氏から電話がありました。

なによりもまず奥様の状況をうかがうと、

「あ、正露丸も飲んだし、いまは平気みたいっすね」

ほっと胸を撫で下ろすが、さとなお氏、快活な笑い声とともに続けた。

「それがね、実はあのあと、接触事故がありましてねえ。えへへへ」

えへへへ!?

「しかも娘のデジカメもなくなっちゃって」

はア!?

「で、散々道に迷ってやっとさっきここに着いたんです。いやあ、いいとこですよお〜、ここ!!」

……想像して起こりうるすべてのトラブルが将棋倒しのようにこの3人家族に覆いかぶさってきたということであります。

優子夫人の腹痛も、駆け込んだレストランの迅速な対応で（優子夫人が「ト、トイレ……」となりながらお店に入ったとたん、それ以上のことはなにも聞かずに店員がトイレの鍵を投げてよこしてきたんだそうだ）、一応解決。

その後、さとなお氏の借りていた車と、どこぞのＢＭＷが接触事故。どうも電話での会話の記憶が曖昧なんですが、相手側のサイドミラーが外れたそうだ。

緊急停車したＢＭＷからはグラサンをかけた若い男が出てきて、さとなお氏の焦りが最高ピークに達するも、よく見るとなんだかその男はへらへら笑っている。

こ、こんなヤバイ事態で笑っているなんて……。

「おんどりゃテメェ、よっくもオレの愛車に傷つけてくれやがったなあ」

とか、

「オレ様の車に接触するなんて、おう、大した勇気じゃねえか、え!?」

……などとさとなお氏の想像がどんどん膨張。

すると、うしろから走ってきていた車が、接触した際に落ちたＢＭＷの部品（ミラー？）を、「おい、おめ、これそこさ落ちてただべ」と持ってきてくれて、ＢＭＷのグラサン男はそれを受け取るやいなや自分の車の接触部分にあてがってみる。

かち、っとはまったらしい。

その瞬間、張り詰めていたあたりの空気が一気に緩みだした。

若い男は、くるりとさとなお氏を振り返り、「オッケー☆!!」と満面の笑みでＯＫサインを送ってきたそうである。本当にうれしそうに。

そしてそのままＢＭＷは何事もなかったかのように、その場を立ち去って行ったのでありました。

めでたしめでたし。

……と、まあ、私がさとなお氏との電話で把握できたのはざっとこんな感じの内容でした。

「いやあ、やっぱりポルトガルはのどかだなあ！　ふつうはああはいかないでしょ！」

とさとなお氏の声が清々しい。これだけトラブルテンコ盛りの一日を過ごしてきてそうくるか。懐のでかさを感じさせてくれる。

「でも、響子ちゃんのカメラがなくなっちゃったのね……（カフェのテーブルに置き忘れてしまったそうだ。戻ったときにはなかった）。あんなに一生懸命写真撮ってたのにかわいそう～！」

「いや、それがその直後に優子の腹痛、そんでもってその直後にＢＭＷと接触事故、でもってそのあとに道を間違えたりしたので、自分のカメラのことなんて考えてる場合じゃなかったのよ、彼女！」

そ、そりゃあそうだな。

しかし響子ちゃん、たった一日だけでこんなしっちゃかめっちゃかな体験を味わっちゃったら、今後なにが起こっても驚かない冷静な判断力が身についていくでありましょう！

私も14歳で自ら波乱万丈の一人旅をやったことあるけど、この時期に体験するいろんなトラブルってそれからの人生の土台的要素になるんですよね。

自分の目の前のあたふたする大人ふたりを見つめる、彼女のクールな表情が頭に浮かびます。間違いなく、小さいことでくよくよ悩むような器の小さい女にだけはならんでしょうな。

とりあえず素晴らしい環境のポウサーダに迎え入れられて、すっきり厄落としをした爽快な夜を家族でお過ごしになられたことでありましょう。

今日はなにも起こりませんように……。

さとなおファミリーポルトガル最終日

2007-3-30

というわけで、さとなお家族御一行様、29日朝に無事再びリスボンにご到着されました。

宿泊先のホテルまで行ってみると、外に設置されたベンチにくつろぐさとなお氏を発見。

「いやあ〜どうもっ!」

青空をバックに氏の顔がつやつやしているではないですか。

そこにリスボンの強い日差しがあたってさらにまぶしく光り輝いているではないですか。

もう誰がどう見ても絶好調なオーラが周辺一帯に放出されています。

それを見て、ああ、よかった、楽しかったのね!と思う私。

奥様も響子ちゃんもにこにこ顔で元気そう。

いろいろ旅の話を聞きながら、食べたかったのに唯一行けなかったというポルトガル料理、カモご飯を食べに、古さと斬新さが渾然一体となったバイロ・アルト地区にある食堂へ。

私もはじめて行ったレストランだったのですが、ポルトガルのネットで「カモご飯のうまい店」で検索したら出てきた場所で、外には目立つ看板は出ていません。

ここでカモ飯を食べ、やっと車の運転から解放されたお父さんはアレンテージョのワインをあおり、さらにまたご機嫌オーラアップ。

残りのお買い物もすませたころ、旦那がランチャで迎えにきたので、ベレンという大航海時代の港跡地を訪れたのち、わたくしたちの暮らす古くてしょぼいが愛しい我が家に3人をご招待いたしました。

それにしても響子ちゃんというのは本当によく出来たお嬢さんでございます。買い物のあいだ、お父さんお母さんが自分の世界に突入して気もそぞろになっているときに、そこから数歩下がった位置で静かにふたりの興奮が収まるのをじっと待っている姿を見て感動しました。

氏のPCに入ってるBy響子のポルトガル旅行写真にも、素敵な被写体がいっぱいで、旦那が思わず、「この写真、CDに落としてもらえないでしょうか！」と頼んでしまうほど。様々なトラブルに遭遇しつつも、結果的にはポルトガルに対する彼女の温かい気持ちがうかがえる、そんな作品ばかりでございました。

優子夫人は最後の最後までチーズに情熱を注ぎ続け、どのくらいの荷物になったか知りませんが大満足気味。アゾレスなどの島系のチーズまで入手できたので、とりあえず思い残すことはないのでしょう。

しかも、彼女とは、夜の食事の場で母校がおなじ（彼女は西で私は東側ですが）だったことが発覚!! 思いがけないところに共通点発見でございました。

そんなわけで夜はうちの近所のカタプラーナ鍋（特殊な銅の鍋で魚介を煮込んだもの）専門店で最後の晩餐をし、たらふく食べてお開きとなりました。

カタプラーナ、見かけによらず量が多く、「う……も、もう入らない！」とみんなでおなかをさすっていたのですが、給仕のおじさんが微笑みながら、「ほら、もう少しくらいいけるんじゃないですか」とおかわりを注いできます。「いや、もう」などという控えめな拒否は効き目なし。

結局みんなで2杯くらいずつ食べたのではないでしょうか……。最後にはもう血までカタプラーナになってしまったような、そんな心地がいたしました。

夜になると少し冷え込んできたので、薄着のさとなお一家が風邪を召さないかとちょっと心配になったのですが、「あ、風邪ひいたら会社休むし！」とさとなお氏は強気の発言。

……そうか。こんなにのどかな体験のあとに、さとなお氏には日本のめまぐるしいサイクルの生活が待っているのですね。

この一週間のポルトガル滞在が、そのための活力源となってくれたら、私もうれしいのですけど。

おつかれさまでございました！

デルス・ウザーラ

2007-3-31

うちの息子の名前は彼から頂戴しました。

デルス。

イタリアでは「日本語でどういう意味なの？」と聞かれるし、日本では「イタリア語でどういう意味なの？」と聞かれます。

でも、これは東シベリアのナナイという民族の名前なので、日本ともイタリアとも関係ありません。ちなみに日本語に訳すと「白い丘」という意味らしいです。息子が生まれた瞬間、直感的につけた名前にしては、突飛な意味のものじゃなくてよかった。これが「馬の尻」とかだったりしたら焦りましたけど。

でも、デルス以外の名前は、あの時点の私には思い浮かべられなかったような気がします。

このDersuという名前は、実は日本よりも欧州のほうが知名度が高いのですが、そのほとんどの人がこれを日本名だと思っているようです。

デルスとは、1973年に黒澤明監督が撮影した映画『Dersu Uzala』の主人公の名前で、この映画はロシア人探検家ウラディミール・アルセーニエフという人の探検記録が基になっています。探検記録自体はロシアでは読む人があっても、世界的に知られていたわけではないのですが、黒澤明監督によって一気に世界にその名が知られることになりました。

たまたま監督が日本を代表する人だから日本語の名前なんじゃないかと錯覚している人がいるみたいなんですね。

でもこの映画は黒澤がソビエト連邦に招聘《しょうへい》され、オールソ連出資、オールソ連ロケで作られたものです。スタッフのほとんどがロシア人で、黒澤映画の常連俳優たちはひとりも出演していません（三船敏郎には主役のDersu役としてのオファーがあったそうですが、2年のロケは無理ということで断ったそうです）。

監督自身は、この記録書を助監督時代に読んでいて、ずっと映画化を考えていたそうなんですが、広大な自然を舞台とするロケが北海道ですら（！）不十分ということで、実現できないでいたそうです。

そこにソ連から声がかかった。

しかも、これは黒澤監督の精神的スランプの直後だったそうです（自殺未遂などしたらしい）。

黒澤監督の25作品目となるこの映画『Dersu Uzala』は、１９７５年にモスクワ国際映画祭で大賞をとり、その翌年にはアカデミー外国語映画賞を受賞しています。

でも、そのわりには日本では知ってる人、少ないんですよね……。

この映画は彼の作品中唯一、「自然と人間」をテーマに取り上げたものです。というよりも、舞台となる果てしないシベリアの大自然こそが主役の映画といってもいいでしょう。Dersuという人間は、この大自然の一部であり、その精霊といってよい存在として描写されています。

仲代達矢やミフネのドラマティックな演技が特徴になってしまった監督の映画とは思えない、いったいどうしたんだろう!?と思うくらい彼の一連の映画のなかで最も自然でソフトな作品だと私は思っています。

私がイタリアに暮らしていたときにこの映画をテレビでたまたま見たのですが、まずなんに衝撃を受けたかって、このDersuという一切人間社会に帰属しないで生きてきたおじいさんの、自然だけから授けられた純粋さの結晶で出来たみたいな深さと温かさと優しさ、人間であることの驕りのなさ、にです。

当時フィレンツェで、ルネッサンスだのなんだの、人間万歳てんこもりみたいな勉強ばかりやってた私には、このDersuやシベリアの自然はかなり強烈なショックでした。デルス・ウザーラは人間によってカーヴィングされた人間ではなく、あくまで自然によって形作られた、濁りや澱みのない人間とでもいうのでしょうか。

でもこんな人って滅多にいるもんじゃないですよね。いまもむかしも。

やっぱり文明社会を離れないと不可能な現実逃避的理想なのかしら。

それでも彼は生きていく上で知っていなければいけない人間のかたちのひとつだと、

私は思いつづけて現在に至っております。

ちなみにうちの息子はついこのあいだまで、自分はこのDersu Uzalaの子孫なんだと思い込んでいたんだそうです。

違うってば。

アラビアドラ猫

2007-4-4

うちの猫はお風呂場の、便座のむかいに置いてある木製の物干しの支え棒で爪をとぎます。

朝、誰かがベッドから起き上がったその足でお風呂場のドアを開けると、さっきまで足元で寝ていた猫はささーっと軽やかに足元をすり抜け、すぐにその爪とぎ場へ行ってバリバリやるわけです。

それはまあ、いいんですけど、異常なのはそれを見つめながらトイレに座って用を足す人間の言葉ですよ。

「んまああ〜。うんまいねええ〜。すごいねええ〜。つめとぎじょんずだねええ〜。いいこいいこお〜。おりこうさ〜ん」

今朝はこんな台詞を日本語でつぶやく旦那の声が風呂場のむこうから、ネコの爪とぎ

の音と一緒に聞こえてきました。

日本語を話せぬ彼がなぜ流暢に、こんな脳細胞がどうかしてしまったかのような日本語の猫撫で声を駆使できるかというと、それは明らかにわたくしから感染したからです。耳にする機会の多い言葉ほど覚えるのも早い、というわけですね。

それから、この猫は私が仕事をはじめると必ず机の上に来て横たわるのですが、それをどうしても追い払えないわたくし。

追い払えないどころか顔を彼の白い毛に覆われた腹にうずめて、ふんがふんが匂いを嗅ぐ。

これがもう、なんていうか、いい匂いでしてねえ〜。

仕事なんてもう二の次？　みたいな気分にさせられるのです。

そんなことをしていると旦那も、「あ、ずるい！」と走りよってきて、おなじように顔をうずめて匂いを嗅ぎ、目を空ろにしながら、

「おほおお〜。むふうう〜」

揚げ句、

「これぞしあわせのにおいだ〜」

と、ため息をついているわけです。

ネコはじっとしてますけどね、たまに虫の居所が悪くて頭を叩かれることもありますよ。

もう完全に猫毒にやられてますね、うちの家族は。

「もじょもじょなのねえ～ん」

「こんなにもこもこに生まれたのオ～。えらいねえぇ～」

「んまあぁ～。まんまんまあるいの～。いいわねえぇ～。すてきねええ～」

意味不明。

ところでうちの猫は3年前、シリアのダマスカスに暮らしていたとき、マンションの入り口付近で車におびえてぶるぶる震えているところを見つけだされ、無理やり我が家の一員になったのでした。当時は手のひらに乗るくらいの大きさでございましたから、生後1ヶ月とか、そんなもんだったんじゃないでしょうか。

アラビア人は犬を嫌いますが、猫はなんだかんだ愛でていて、あの近辺だけでもおびただしい数の猫が暮らしており、それぞれのコロニーみたいなものも形成されておりました。みんないつも堂々と道路に備えつけの大型ゴミ箱の周辺をうろつきまわり、人間が近くに来ても逃げるでもなく威張りくさっています。

うちの猫もそんなゴミ箱のなかで生まれた猫の一匹に違いなく、おそらく彼の祖先から受け継いできた細胞のなかには飼い猫だった記憶などはまったくないと思われます。

だからか知りませんけど、物怖じ一切なし!!

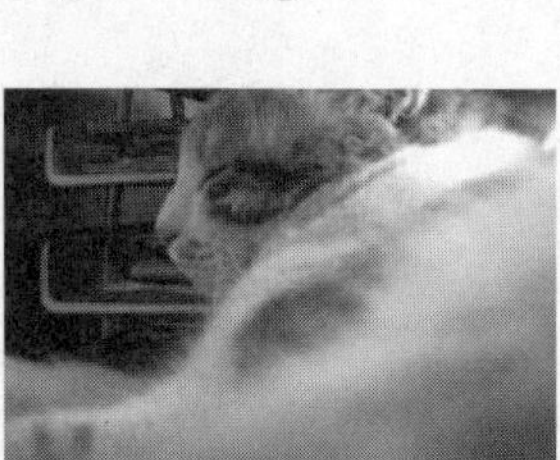

普通、猫って、環境が変わると家具の下にもぐったり、隠れたり、そういうことするじゃないですか。

でもうちの猫はダマスカスの家に連れて来られたときも、床に足をつけたその瞬間から、まるでそこに住んでいたかのように振る舞い、食べ物を催促しました。飛行機でシリアからイタリアの実家へ移ったときも、その後2500キロをポルトガルまで車で移動したときも、それからいろんな場所へ旅行で連れて行ってホテルに泊まるときも、どんなときも怯えたためしがないのです。どこへ行っても、まるでそこはもともとの彼のテリトリーであったかのような落ち着きっぷり。

こいつはたぶん一度外に出てしまったら、瞬く間にドラ猫に舞い戻るのでありましょう。

「爪とぎ、うんまいねえ〜。まあるいねええ〜ん。大しゅきい〜」

などとアホな声を発する飼い主のことなど一瞬にして忘れてしまうのでありましょう。恐るべし、人間への媚を一切知らないアラビアドラ猫。

でも中毒になってしまった私たちのためにあと30年は生きてもらわんとね!!

ポルトガル北部

2007-4-7

ただいま子供の学校が「復活祭休み」中です。復活祭休みってのはつまり、日本でいうところの「春休み」なんでしょうけど、長いですね、2週間もあります。

それだけ時間があるのだから、いっそ飛行機に乗ってブラジルだとかアフリカだとかに行きたかったんですけど、そうこうしているうちにイタリアのお姑さんから案の定、「い、「あら、そんなに休みがあるのなら、こっちにいらっしゃいよ」攻撃もかかりだし、忙しいんで!!」という咄嗟に出てきた口実上、遠くへ行くことは諦めねばならなくなりました。

で、結局、車でいままで行ったことのないポルトガル北部、Douro川付近やポルトガルで一番高い山のEstrela山脈やらを訪ねてみよう、ということになったのでした。

リスボンから車で3時間くらいですかね。

Douro川沿岸地帯はポートワイン等の葡萄が収穫されることで有名で、山の傾斜が一面見事な葡萄棚。イタリアのチンクエテッレよりもダイナミックで、こんなに規模の大きいものだとは思っていなかったのでびっくりしました。

泊まったホテルの窓の外の景色も、部屋に飾ってある絵も、この葡萄棚に覆われた山。

Douro川と山の傾斜につくられた葡萄棚

ただ、こんなところになる葡萄を収穫するのは相当な気合がないとダメなはずで、実際Douro川沿岸の葡萄収穫の過酷さはかなり有名なものらしい。

この川を3日間くらいかけて巡るクルーズもあるそうで、ちょうどいま私たちの前を、そのクルーズ船が通り過ぎて行きました。生きるのは過酷だけど、眺める分にはたしかに最高の景観であります。

我々の泊まったLamegoという街も、時間の経過がもたらす様々な物質的現象をそのまま残している、趣きたっぷりのところでした。

街にある教会の外観もなかも、なんとも強烈な重みがあります。イタリアの教会なんかでは感じられない、ちょっとスピリチュアルさが濃い空気っていうか……。街をゆく買い物帰りのおばさんも気合入ってます。

世界的にも有名なポルトガル産ワイン「マテウス」の街も訪れました。

ボトルのラベルに描かれているお館はここにあったんですね……。へえ～。っていうか、この街はこの建物とあと数軒の家があっておしまい、って感じのこぢんまりしたところでした。世界に名だたるマテウスの生産量を考えると、随分謙虚なたたずまいです。

それから、ポルトガルで一番高い山脈Estrelaに行きました。

ここはポルトガル屈指の絶品チーズで有名なところですが、冬はポルトガル人憧れのスキーのメッカ。頂上付近にまで行くとまだ雪が残ってました。

細くて長いピンカーブがいつまでも続き、普段車に酔わないわたくしもしまいにはストップをかけてしまうほどでしたが、とりあえず国で一番高い山を訪ねた安堵感がありました。

エストレラ制覇!(って歩いて登ったわけでもないのですが……)でも、なんで高い山があると登ってみたくなるんでしょうね……。帰りに窓から外を見たら、猫みたいな雲を発見。最初はクマに近かったんですけどね。首がどんどん伸びてちぎれてしまいました。あっけないですね、雲のかたちって。

今回の旅の収穫。

べっこう飴の味のする超素朴なアメと、「世界各国で数々のメダル受賞」と、どう見ても80年は経っていそうなデザインのパッケージに記してあった、これまた超素朴なクッキー。添加物一切不使用。たいしておいしくないんですけどね、こういうものこそポルトガルくらいでしか食べられないものなんじゃないかって気がします。

今回はこの菓子のように、素朴だけど歴史の深みたっぷり、という旅でした。

Lamegoの街

日本のパン粉

2007-4-8

先日、『Beth』で連載している『それではさっそくBuonappetito!』の担当のMさんから、立派な小型の箱で小包が届きました。

うちに荷物を送ってくれる人、例えば母などは、輸送費削減のために煎餅やらスナックも、「ゆうパック」の手提げ袋に入れて送ってくれるので、私たちは袋のなかでこっぱ微塵になったそれらの菓子の原型を拝めたためしがありません。

Mさんはしかしそんなみみっちいことはせず、小型でありながらもがっしりと頑丈な箱で、とあるものを送ってくれたんでした。

「なに？　なにが入ってるの!?」

と目を輝かす息子。

今回はなにやらとんでもない豪勢なものが送られてきたに違いないという確信に満ちた瞳が光っています。

厳かにテープを剝がし、中身が現れました。

「なっ……!?」

肩を落とす息子。

中身はパン粉2袋でございました〜!!

パン粉は確かに「ゆうパック」の袋で送って破裂したりしたら、収拾つきませんからね。これくらいの完全確実包装でこそ、ぱりぱりの、ふわふわ状態のパン粉がユーラシア大陸の果てにまで届くってもんですよ。

そもそもなんでパン粉なのかっていうと、打ち合わせでMさんと電話で喋ってたときに、欧州には日本みたいなパン粉が存在しない！という話で盛り上がったのでした。

イタリアのCotoletta alla milanese（ミラノ風子牛肉のカツ）だの、ポルトガルの干し鱈のコロッケなどの衣になっているのは確かにパン粉なんですが、粒子が極めて小さい砂のようなもので、日本のトンカツのようなサクサクした食感になるものはこちらには存在しません。

一度、普通のパンを乾かして粉々にしたパン粉作りにトライしてみたこともありましたが、それだけでもう食事を作る、という意気込みが萎えてしまい、途中で諦めてしまいました。

かといって、あの細かい砂のようなパン粉のトンカツやエビフライはそんなにそそられないし……。

なーんてことを言ってたら、Mさんがご親切に日本のパン粉を送ってくださったわけです。

あ、もちろんこれをネタに漫画を描くっていうことで……ははは。

で、早速作りましたよ、「焙焼《ばいしょう》作り生パン粉」でサクサクのトンカツ！

んまあああ〜っい!!

トンカツ大好きな息子も大満足で、「夢がかなうならトンカツにまみれて暮らしたい」とか言ってるし、揚げものが苦手な旦那も、トンカツだけはあっという間に平らげてしまいました。

たかがパン粉、されどパン粉。

しかも「焙焼作り」ときたもんですよ。すごいな、日本の製造技術って半端じゃないな。

ありがとうMさん！

で、関係ありませんが、今日のおやつはブラジル名物「ポン・ディ・ケージョ」。

作りすぎたのですが、食べすぎて胸焼け炸裂。

でもこれが食べだしたら止まんないんすよ。

ここ数日間の摂取カロリーについては考えないようにしよう。

ブラジル名物
「ポン・ディ・ケージョ」

ブラジル

2007-4-12

いままで結構いろんなところに行きましたけど、私が一番心置きなく馴染める国といったら、もう文句なしにブラジルですね。

十数年暮らしたイタリアよりも、生まれた日本よりも、断然ブラジル。

日本だけではなく、イタリアでさえ疲れ知らずのエネルギー炸裂女と見られがちな私が、ブラジルへ行くとごく一般的な、いや、むしろしおらしいくらいの女性に見られるのは大変ポイントが高いです。

この国にいるあいだは信じられないくらい体調が良くなり、普段では考えられない病気知らずの健康体になることからも、私がブラジル馴染み体質であることが判断できます。

たぶん気候だとか、食べ物だとか、人々のライフスタイルだとか性格ってのが、ストレスの要素にまったくならないからなんでしょうね……。

確かにここポルトガルも穏やかでいいのですが、皆あんまりはしゃがないんですよね。ポルトガルの女の人って基本的に静かだし。

それに比べてブラジル女のエネルギーたるや、さすがにいろんなところの血が混じってるからか知りませんけど、際限なし!!

（次ページの写真はサンパウロで居候させていただいたお宅です。プールつきペントハウス。隣はアイルトン・セナの住んでいたマンションです）

かつて、日本から飛行機に二十何時間も乗ってサンパウロへ行った、その到着日に迎えにきてくれたブラジル人の友人が組んでくれたスケジュールをちょっとここに書いてみますと、

11:30　日本からサンパウロ着。
13:00　イビラプエラ公園で1時間ウォーキング（というか、ほかの友達たちと合流）。
14:00　友人宅でご両親を含めてのウェルカム昼食会。
16:00　やっと部屋でくつろぐ。
17:00　友人が「友達たちが待ってるから」とビール&ピザ屋へ我々を連れだす。
19:00　盛り上がる。さっき食べたものが消化してないのにまたピザを食べる。そうこうしていると、とつぜん友人が「あ、いけない！　はじまっちゃう！」と焦りだし、再び我々を車に乗っけて移動（はっきり言って日本を発ってから寝てません）。
20:00　ライブハウス着。サルサナイト。激しく踊る。
22:00　盛り上がっていると、いきなり友人が、「あ、いけない！　はじまっちゃう！」と再び我々を車に乗っけて移動。移動先はでっかいイベント会場。
23:00　バイーアの人気グループ、Chiclete com Banana のライブコンサート。オール

スタンディング。しかもみんな片手にビール。これで飛んだりはねたりするから全身ビールまみれ。ふらふらだが、まわりの盛り上がりに煽られ、一緒になって両腕を振りながら、サルバドールのカーニバル踊り。

このへんまで来ると、ハイ状態になっていて疲労感とか、眠気とか、一切感じない状態。

2:00　コンサート終了。さあ、これでやっと帰れる！と思ったら「これからみんなで一杯やりにいかない？」と友人。日本から私と一緒に来ていた友達がもう完全にKO状態なので、と丁重にお断りして家に連れていってもらう。

8:00　人様の家だし、と思って気をつかって早めに起きてダイニングに挨拶しに行くと、友人はすでに仕事へいく準備万端。ニコニコ笑いながら、「昨日あのあとも盛り上がったのに、残念！」。寝不足を一切感じさせず軽やかに仕事へ（日本から一緒に来た友達は熱が出てその日から2日間ほど寝込んだ）。

と、まあ、私の場合こんな感じの一日をブラジルへ行くと1週間に3回から4回過ごすわけです。書き出してみると信じられない感じですが、意外にこれがあっさりできちゃうんですね。

自分がブラジルに行っていたときの写真を見ると、周囲への同化っぷりに驚きます。

日本にいたときよりもこちらからブラジルに行くほうが近いんですけどね、なんていうか、近いと腰が逆にあがらなくなるというか。

でももうそろそろエネルギー補給に戻りたいところです……。

漫画家友達　イベリア半島を訪れる

2007-5-7

もう5月なんですね。

怠けてずっと更新せずにおりました……。

いや、あの、一応地道に仕事をしたりとかしてたんですけどね。

でもたまに、心の底から怠けモードに入らないと、次への体力やら持久力やらが蓄えられないっていうか。

10年以上仲良くしている多忙な漫画家、三宅乱丈さんが突然やってくることになったのが4月の23日ころ。

彼女は現在連載をふたつ持っていて、しかも今回は読み切りも1本あったりして、すごく忙しいはずなんだけど、「いまやってるネームがもし一発ＯＫで通ったら、4月の末に一週間くらい休めそうなんだよね～。そっちに行っちゃおうかなあ～」とスカイプで言ってたのが実現してしまったわけです（あまりのさくっとした段取りだったため、本人は熱が出たりして大変だったみたいですけどね）。

無事こちらに着いて、まずはリスボン名物のイワシやタコメシなどを食べてもらって「休み」を体感してもらいました。

彼女の一番の目的はバルセロナでガウディを見るということだったので、いったんリスボンに入ってから私も彼女の付き添いとしてバルセロナに同行しました。

リスボンから飛行機で2時間くらいですかね。

バルセロナは、イタリアからポルトガルに車で帰る途中に寄っただけで、外側から眺める程度しか見てなかったんですが、今回は、日本からガウディへの熱い思いを溜めに溜め込んできた漫画家が一緒でございますからね、半端な見方じゃ先へは進めません。

一生分脳裏に焼きつけていくつもりでひとつひとつを見るわけです。

あとでホテルの部屋に帰って、「さ、今日見てきたガウディのCasa Miràの外観描いてみ！」といわれたら、さささっとそれが描けるぐらい見ておかねばならない。

建造物をこんなにじっくりと外側と内側から観察したのは人生で初めてでした。

でも、ガウディはやっぱり意表をつく表現が多すぎて、意識してなくてもじっくり見ちゃいますね。

「人様の住む家や、教会でこんなボーダーレスなことやっていいのか？　いいんだな!?」とじっくり見れば見るほど驚きます。

今回はバルセロナだけが目的だったんですが、「やっぱりプラド美術館も見たい」ということになり、バルセロナから飛行機で日帰りマドリードという無謀な試みもしました。

時間がないからソフィア王妃芸術センターでピカソのゲルニカだけ見て、そのあとプラドへ。

観光シーズンだったもんですから、2時間も並ばせられましたが、日帰りで行った手前、死んでも見て帰ってやる!という意地で、お互い飲まず喰わずのまま目的をまっとうしました。

帰りの飛行機に乗るときは、お互いの手足に血が巡らなくなってて痺れまくってましたっけ。

ま、そんな感じであっと言う間に10日間が過ぎ、彼女は日本へ帰っていきました。

写真は三宅さんがあたくしの息子にお土産で買ってくれた組み立て式「サグラダ・ファミリア」完成体の模型と、もうひとつのもっと細かい模型を制作中の彼女です。

今日は私も普段モードにきりかえて、彼女がいたころとはうってかわって好天気で暖かくなったリスボンの空気を感じながら仕事をしており

ます。

ガウディやピカソやゴヤやベラスケスから、「もっと作家魂炸裂させろや!!」と活を入れられてきた気がしてならないのは、一緒に見てたのが同業者の友達だったからなんでしょうね。

あ、そうそう。

お別れの前の日にリスボンの魚介屋でカニやらカニミソやらエビやら貝やらのテンコ盛りを腹いっぱい食べたら、私だけあたっちゃいました。

腸のなかになんか、未知の生物が入り込んだ感じっていうんですかね。なんかあたしの体のなかに生き物入ってるなあ〜と、腹の痛みの合間に感じながら過ごしてましたが、やっと昨日あたりから調子いいです。

そんな締めくくりも含めて、なんかこうパンチの効いた日々だったなあ……。

自然のにおい

2007-5-7

腹の具合も良くなり、雨続きだったリスボンも天気を回復して気分すっきり。

三宅さんが来る直前まで4月のリスボンは毎日27度とか28度の夏日が続いておりまして、彼女にも「服は夏仕様だ！　靴もサンダル!!」なんて言っていたんですが、なぜか彼女が来てからは気温が10度くらいに下がってしまいました。私も冬服をすべてしまってしまったあとなので、スペインに行ってたときは薄いのを何枚も重ね着して寒さをしのいでたんですが、やっと昨日あたりから気温が25度を超えはじめました。よかった……。

そう、ヨーロッパで最も晴天率の高いリスボン、やっぱりこうじゃなきゃダメですよ。青空あってのリスボン。

薄っぺらい服を風に翻らせてこそのリスボン。

たぶん今週から2、3週間、みっちりと仕事にとりかからなければならんので、時間があるうちにこの初夏のあったかさを思う存分堪能しよう!! ということで、またも衝動的に車を走らせて南下。

大好きなアレンテージョ地方の、コルク樫の森でだらだらと寝そべって、生まれたてほやほやの元気いっぱいな虫たちに取り囲まれながら一日を過ごしてまいりました。

息子は家からビンを持参し、「クマムシを採集する!!」と意気込んでいたのですが（だいたいクマムシってなに!? 彼が言うには土中にいる激小さくて、冷凍庫で凍らせても死なない虫なんだそうだ。日本から送られてきたDVDのなかの番組に出ていたらしい）、のほほんとした風景を目の当たりにしていたら、そこの土をえぐるなんてマネはとてもで

きそうになかったので、クマムシは夏に日本へ帰ったときにでも採ってもらうことにしました。

しかし、男の子の虫への執着ってすごいですね。あ、でもヨーロッパの子供は昆虫採集しないです。虫への興味ゼロ。アジアの男の子たちだけなのかな……。

ちなみにわたしも虫大好きですけどね。

ああ、それにしてもなんてのどかな場所なんでしょ、アレンテージョ。

ここで育つ黒豚も牛のお肉も最高です。ここの地方のワインもまた最高。こんな場所で育まれてまずいわけがないんだよ、と毎回来るたびに感動する私たち。

息吹きはじめた緑の匂いと、鳥のさえずりとむちむちの牛とどこまでも青い空に囲まれて、仕事開始前のエネルギー補給完了。

自然万歳。

仕事してます！

2007-5-9

一週間ほど鉛筆やらペンを握らないと、原稿にペン入れをしても、ものの数枚で手の筋肉が痛くなってしまってびっくりです。

なにごとも続けてないとダメなんですね……。

このあいだ取りつけたスカイプ・カメラで原稿を描いてるところを撮ってみました。

これは6月25日に発売される『Ｋｉｓｓ』13号用の読みきり40ページ。

まだまだたっぷり時間がかかりそうです。

それにしても……。

このスカイプ・カメラってほんっとに便利ですよ!!

世界のどこにいても、相手もカメラを持っていればお互いの顔を見ながらお喋りができるなんて……。

最初はちょっと抵抗あったんですよ。ほら、画像がスムーズに動かなかったら、なんか照れくさいってんですか？

むかしの海外特派員の映像を見てるみたいな、あんなふうだったらちょっと恥ずかしいかもと思って、存在は知ってても、買う気にはなかなかなれなかったんです。

しかし、とある方がこれでお電話をしてきてくれたのを見て、その画像の鮮明さと動きのスムーズさに感動し、すぐに買ってしまいました。

これさえあれば久々に会った人にも、

「うわ～、しばらく見ないうちにヤマザキさん老けたわあ～」

という衝撃的印象を与えんでもすみます。

うちの育ちざかりの息子もいちいちでかくなったことで驚かれなくてすみます。

いろいろと便利なスカイプ・カメラ、だいたい日本円で5千円くらいだったと思うんですが、通話料はタダですからね!!

イタリアで貧乏生活していた学生時代に、こんな便利なものがあったら電話代も節約できてたのにな……。

7月、日本にいよいよHBO『ROME』上陸!!

2007.5.11

いよいよ7月13日(金)夜10時より、WOWOWで毎週2話分ずつ、『ROME』のシーズン1と2をあわせて一挙放映だそうですっ!!

そうか……なんで日本だけやらないんだろうと思っていたら……2話ぶっちぎりで放映させたかったからなのか……?

こっち(ポルトガル)ではまだシーズン2、やってないんですよ!!!

なんか焦ってきましたよ、あたくし。

しかもHBOのホームページを見たら、なんとシーズン2のDVDが発売してるじゃないですかっ!!

買えってことなのか、これ!?

……ちょっぴり取り残された気分でございますよ……。

それはそうと、先だってうちに来ていた漫画家の三宅乱丈さんから紹介していただいた『コミックビーム』という漫画誌で、以前から描いてみたかった古代ローマ漫画（厳かな絵柄の比較文化的ギャグ）を掲載してもらえることになりました（まだいつかは未定ですけど、とりあえず編集長からオッケーサインが出て作画は開始してよいということで）……。

以前『赤い牙』という同人誌でこの古代ローマ人をテーマにした、これもばかばかしいお話を載せてもらってからというもの、ＨＢＯの『ＲＯＭＥ』とちょうど時期がシンクロしてたこともあり、でもってそこに古代ローマヘビー級ヲタの旦那のまじないのような薀蓄が重なって、この「古代ローマ」を軸にしたアイデアがぼこぼこ沸きだしてきていたんですが、晴れてそれが実現することになり、かなりうれしいです。

しかもコミックビーム……激巧い作家たちの巣窟漫画誌……大丈夫だろうか……。

頑張ります。

想定してるのはＨＢＯの『ＲＯＭＥ』より、かなり時代が進んだ紀元１２０年ごろ、古代ローマ帝国が最も繁栄していて、リッチだった時期に生きた建築家のお話です……（フィクションですよ！）。

でもこの劇画タッチ漫画によって、またさらに私の漫画ジャンルが混沌としてしまうことになりますが……もうどうでもいいや、そんなことは。

日本のお菓子

2007-5-13

これ、このあいだ三宅乱丈さんがお土産に持ってきてくれたグミやらラムネやらの詰め合わせです……。

それにしても日本ってお菓子大国ですよね。

次から次へと新製品が出て、お菓子が食べたい気分じゃなくてもそんな気分に「させられる」あの感じ。

うちの近所のスーパーのお菓子コーナーのしょぼさは、かなりのもんです。「なにか食べたい」と思ってスーパーに行っても、そのお菓子コーナーのものはほとんど食べ尽くしていて、それぞれの味がいとも簡単に思い出されてしまうわけです。そうなると、「いいや、食べなくても」という気分になってしまうのです。

ポルトガルでお菓子を食べようと思ったら、スーパーじゃなくてお菓子屋さんで、卵をたっぷり使ったポルトガル菓子を食べるから、生産者側もそんなに焦って新商品なんかを作りだす必要に駆られないんでしょうけどね。

これはこれで無駄な出費がなくて、いいもんですよ。

日本にいたころにやりきれなかったのって、お使いものがひとつあってスーパーやコンビニに行くと、かならずその何倍もの商品を手にして家に帰ってきてしまうってことでした。

「抹茶味ポッキー!? うそ、おいしそう!!」みたいな気持ちが際限なく沸き起こってきてね。

でも今度日本に帰ったら、帰りのスーツケース一個、まるまる菓子と食品で埋め尽くされるのだろうな……。

HBOの『ROME』シーズン2、こっちでも放映!!!

2007.5.15

先日、日本のWOWOWでシーズン1・2あわせて7月から一挙放映、なのにここポルトガルではまだ!! みたいな憤り半分のことを書いたばかりですが、一昨日、原稿を描きながら何気にテレビを見ていたらいきなり私の心の音楽、『ROME』のテーマ曲がかかりだし、よく見知った人たちが画面のなかで騒いだり血みどろになったり燃やされたりしてるではないですか!!

「こ、これは⁉」と思ってペン先からインクを滴らせつつ画面を食い入るように見ていると、「明日14日、午後11時よりシーズン2スタート‼」とタイトルに出て、思わずショックで腰が砕けそうになりました。

な……なんでいままで告知してなかったんだ……？

いや、してたんだけど、たまたま見逃してたのか……？

とにかく第1話を見逃すハメにならなくてよかったです。もうそれだけで救われた気分です。「一体いつからやってたのよ！　もう何話目⁉」みたいな展開だったら最悪でしたけどもね。

ま、そんなわけで翌日の夜の11時を待って、シーズン1をマスターした息子とふたりで（夫は「あとでDVDで見るからいい」と寝てしまった）、カエサルの死以後の混沌となっていくローマの出来事に見入ってたわけですが、

「……あれ？　これってさ、シーズン1のラストエピソードのシーンだよね？」という場面が盛りだくさんでなんとも新鮮味が足りません。

しかし息子はそんな場面は知らない、初めて見るシーンばかりだと言ってきかない……。

どうもなにかがへんです。

そう。

私、実はアメリカでこのシーズン2が放映されだしたとき、いても立ってもいられな

くなって、YouTubeに分散して収録されているエピソードをつなぎつなぎして、全部で5話分くらい見てしまってたんでした……。

PCのなかの、そのさらに小さい画面に全集中力を注いで見つめすぎたせいか、あれだけ待っていたにもかかわらず先の展開が脳裏に浮かんできてしまうのです。

でもって映像もシーズン1のラストとなぜか混ざってしまってて、ごちゃごちゃ。

「ア、いまね、この人ね、喉切られるからね、見ててごらん！」

「ア、いまね、ここでね、この人ね、唾をベッとこのおばさんにかけるから見ててごらん！」

「ママ、うるさいよっ！　静かにしててよっ!!」

はっきり言ってシーズン2の新展開を楽しむというより、私的には40歳になった自分の記憶力お試し確認番組みたいになってしまって、息子から顰蹙を買いまくりました。

当たり前だ。

ああ、いくら待てないとはいえ、YouTubeで見たりしなけりゃよかったな……。

BORAT!!……

2007-5-21

私たち家族は数日前の夕食後、久々の「お楽しみDVDショウ！」と題して、みんなで仲良く借りてきたこのDVDを鑑賞することにしたのでした。

しかし、はじまってすぐ旦那が息子に、「やっぱり君は部屋に行きなさい」と指示。

私は激しく笑うのとおなじくらいエキサイティングに鼓動をうつ心臓に我慢できなくなり、一旦ストップを要請するほどでしたが、顔をこわばらせたままの旦那ととりあえず最後までゴールしたのち、もう一度ひとりで最初から見直した。

あたし、死ぬかと思いました、マジで。

この映画のすべてにおける凄まじさとボーダーレスさに。

最初は『Mr.ビーン』または『オースティン・パワーズ』のノリで、家族みんなでバカ笑いを予想してたんですけど、そんな安直な、そんな単純なもんじゃ、ありませんでした、これは。はは。

旦那は見終わるや否や、すぐにPCをつけてこの映画や製作者（ボラット役のサシャ・コーエン自身）に対するクレームや訴えがどれだけあるのかを確認する作業にかかりました。

あるわあるわ……もう山盛りテンコ盛りにクレームの山！

ああ、あの人たちねえ、そりゃ憤るわな……。

ああ、やっぱあの人もかあ……そうだろうな……。

舞台になった村も、カザフスタンの国も、みんなご立腹状態。

まあ、これだけ敵を作るのは覚悟の上での製作だったんでしょうけどね。

ちなみに音楽はコーエンの兄（か弟）が担当したらしいのですが、まるでカザフスタン生まれのカザフスタン育ちでなければ実現できないようなメロディーとアレンジが評価され、カザフスタンの交響楽団に作曲を依頼されたんだそうです。カザフスタンからは激怒されてるにもかかわらず。っていうか、サシャ・コーエン、すごいよ、この人……。

発酵する脳味噌にはブラジリダージ

2007-5-26

久々にこってり仕事してます。

一日中座りっぱなしだと、まず腰がヤバい感じになってきますが、いまはそれに加えて背中がかなりきっついことになってきてます。

姿勢良く座るために数ヶ月前に椅子も取り替えたんだけどな……。

なんかここんところポルトガル一帯で続いてる悪天候（気温が20度以上にならないし、毎日雨！　今年のポルトガルワインはかなりヤバ目）のせいもあるような気がするんですが、うーん、絶対運動不足が大きな原因だよな、これ。

仕方ないから家でサンバをかけてひとりで踊ってみたり……（家族は無視）。

腹筋運動やってみたり……。

腕立て伏せやってみたり……。

ダンベルやってみたり……。

でもどれも大した効果なし。

うかうかしてたら締め切りになってしまうし、ここらで一丁気を引き締めないと!!


と思ってたら、ブラジルに留学(本人は気が進まなかったみたいなんですが、私にゴリ押しされた)している小姑からでかい封筒が届きました。

あけてみると、このあいだスカイプでチャットしながら、ダメもとで頼んだブラジルで発売されたばかりのCDが入ってるではありませんかっ!!!

一気に疲れが吹き飛びました。

これこれこれ、これがもう、そりゃああ聴きたくて聴きたくて苦しかったのよう〜。

Erasmo Carlosの最新アルバム、『Convida Volume 2』。

このなかの一曲がErasmoとMarisa Monteのデュエットで、コレだけがとにかく聴きたかったのでありました。

Marisa Monteについては前にも触れましたが、私にとってなくてはならない音の栄養素的存在でありまして、しかもいま現在明日の名古屋を皮切りに日本での彼女の公演が30日まで行われるんですね〜!!

私は去年の9月にリスボンで見ましたが、このために日本に帰国してやろうかしら、と真剣に悩むくらい行きたかったです。

あのステージ上で発光する女神君臨オーラと、激美しいナマ歌声をもう一度聴けるならたとえ火の中水の中の覚悟だったんですけどね……。

それが実際は自分ちの机に張りついて背中の痛みにうなされながら仕事をしている始末。

まあ、小姑のおかげで、マリーザの一番新しい歌をCDで聞けたんで、それはそれでうれしいですけどね。おかげで仕事もはかどります。

やっぱり音楽なんですね。私の栄養源は。

ご飯の次に音楽。

その次に本。その次に映画か……。

いやあ、こうなったら、もっともっと新しい栄養が欲しいな！と思い立った私は前から気になってた、これまたブラジルの女性ヴォーカルのリリース間もないCDを近所で購入。最近はマリーザが日本へ行くというのに興奮し、すっかり彼女のアルバムばかりヘビロテ状態になってたんですが、少し違うのも聴きたいし。

で、選んだのがコレ。

Paula Lima『Sinceramente』。

いいっ!!　これもいいっ!!

ジャンルとしては何《なに》っていうんだろう、こういうの。

ソウル・サンバ？　R&Bサンバ？

とにかく買って大正解でした。ブラックパウラのかっちょいいハスキーセクシーボイスとソウルフルでスマートだけどばっちりサンバなテンポのおかげで仕事が進む進む……。

マリーザといい、このパウラといい、ブラジルというエキゾチックさだけにとらわれないグローバルワイドな才能には、本当にいい意味で触発されますね。

あたしはべつに歌手でもなんでもないんですが……。

でもやっぱりエネルギッシュでエレガントな女性って好きなんで。はい。

惹かれます、ふたりとも。

オススメです、パウラ・リマ。アマゾンで購入できます。

あと、マリーザは東京公演29日と30日、当日券もあるそうなんで、これ、行けそうな人は是非っ、もう是非見に行ってください！！！　オーチャード・ホールです!!

大げさにではなく、彼女の声は生きてるうちに一回は聴いておくべき世紀の美声です。

原稿作業は続くよどこまでも

2007-5-30

……背中が痛いです。

近所にプールがあるので、思い切ってそこに旦那と泳ぎにいってみっかあ～（ずっと誘われてたんですが、なんか面倒くさくて断りつづけてた）と思ったのに、壊れてて閉鎖。

か～っ、こういうときに限って!!

まず6月25日発売掲載分、仕事完了!! と思ったら、ひ、表紙をまだ書いてなかった……。

でもってイタメシコラム漫画も締め切り迫る！

急いで「パン粉」ネタで6枚（今回はいつもより1枚増量！）のネームをがーっと殴り描きして担当MさんにFax。

で、コレ終わったらすぐに津原泰水さんの小説のイラスト！

それも終わったらすぐに古代ローマ漫画32ページの原稿!!

こんなときに限って、先日も書きました私の敬愛するブラジルのディーバ、Marisa Monteが日本でツアーをしていて、それが気になって気になって全然落ち着かず、PCにしがみつきながら情報を追い求め、それだけじゃ興奮がおさまらず、今度は収集した情報や音源や写真などのブツをブラジルのマリーザのHPやファンサイトの主催者にじゃんじゃん送りまくり、「日本でマリーザ活躍してます」という記事が掲載された時点で、誰に頼まれたわけでもないのに自分の使命をまっとうしたような身勝手な充足感を感じていました。

(写真のなかでマリーザが手に持っている白い紙は、私が東京のお友達にメールしたマリーザへのお手紙でございます。底抜けに親切なお友達が舞台のマリーザに手渡した直後のショット！ 万歳!! ありがとうNさん!!)

それにしても、つ、疲れました……。

いったいなにをしてんだ、あたしは……。このクッソ忙しいときに……。

ところで、疲れた疲れたを連発する私に耳をふさいでいた旦那が日曜に私をまたまたAlentejoに引っ張っていきました。

Elvasという街ですが、ここのPelourinhoという、ポルトガルやポルトガル植民地だった街にはたいてある罪人制裁広場の支柱が、なかなかナマナマしくて怖かったです。首吊りの縄を結ぶ留め金が狼の顔になってて……かわいいんだけど、ここから人がぶらーんとぶら下がって晒し者になってたのかと思うとね。残酷ですね。

その後、スペインとの国境の川まで行き、息子が「ミジンコかカブトエビを採集したい!」というのでペットボトルに水を汲みました。なかには確かに激小さい微生物が蠢《うごめ》いていますが、ミジンコかどうかは不明。

そういえばこのあいだは「クマムシ」だったけど、いったいいつまでそんなものに興味を持ち続けているものなのだろう、少年ってのは……。

いや、まあ、おっさんになってまで、「あ、川だ！　ちょっとすんません、ミジンコ採集させてもらいますわ！」とか、「ちょっとここの土にクマムシおらんかどうか、確認させてください」とかやらないんだったら、いいけどね。

っていうか、そんなおっちゃんになっても嫁さんが来てくれるなら、もう全然問題じゃないんですけど。

昨日の夜はDVD屋から借りたままだったエリア・カザンの『エデンの東』を25年ぶりくらいで見ました。

疲れてたからかもしれませんが、ものすごく感動して、この作品と原作のスタインベックの素晴らしさを改めて痛感。

それともちろんジェームス・ディーンの持つ、ボーダーレスで突出した演技力。

この人、こんなすごい映画に出たから、運命的に長生きできなくなっちゃったのかもしれないな、なんて思いながら、見てました。

まあ、そんなわけで忙しくて濃くて感動的な日々を過ごしてます。

Pelourinho
（罪人制裁広場の支柱）

変貌するイタリア（ちょい深刻）

2007-6-1

昨日のイタリアのニュースで話題になっていたこと。

「ローマ市内の空気中に微量のコカイン粒子」

ってことは、ローマ中のかなり人がコカインをやってるっていうことになるわけで……。


マジ？

いや、マジですね。

なんでかというと、私がいたころから随分と身近な人で、しかも「あ、あんたが⁉」と思うような人がコカインを当たり前のように所持してましたから……ほんとに。

政治家の方とか、メディア関係の人とか、芸能人とかはもちろん、数年前には Fiat 社の御曹司（正確には故会長 Anielli の孫）が、コカ中毒で危篤になって大変な騒ぎになりましたが、あれだけ騒がれたにもかかわらず去年あたりから平然と仕事に復帰してました。

イタリア国民も、みんなもうそんなことでは驚かなくなってます。怖いです。

日本でも最近（というかもう大分前からだけど）ワケのわからない殺傷事件がこれでもか！っていうくらい起きてるようですが、信じられないことに、イタリアでも家族間での理不尽な殺傷事件がものすごい勢いで増えてます。

学校での成績が悪かったので、飛び降り自殺。

6歳の自分の子供を母が殺害。

夫が妊娠8ヶ月の妻を殺害。

書き連ねていると具合が悪くなるのでもうやめますが、

明るくお気楽で人生楽観主義のイタリアはどこへ行ってしまったのでしょう?


確かにうちの旦那の実家もそうだけど、会う人会う人、ふた言目には「お金」や「仕事」の話になったりしてます。特に旦那の実家周辺はベネトンなどの大成功した中堅企業や工場が密集している州で戦後ものすごく経済的に豊かになったところなんですが、ここんところ中国の進出でやりくりに行き詰まる工場や会社が続出なんだそうで、本当に深刻な問題を抱え込んでノイローゼみたいになってる人がいまでは当たり前に見受けられる状況になっています。コカインに手を出すのも、いわばそういう流れによるところもあるのだろうとは思います。

やばいですよ、イタリア。

イタリア人ておおらかで元気そうに見えるけど、実際はかなりナイーヴだったりするからな……。

千年続いた古代ローマも、ルネッサンスも、蛮族の侵入でものの見事にあっけなく崩壊してるし、華やかさの陰にはモロさあり、って感じでイタリア、ちょっと気の毒です。

ダメなわたくし そして姑はブラジルでエンジョイ

2007-6-12

忙しい忙しいと散々言い散らかしておいて、実はぜんぜんお仕事がはかどってません。

あ、でもとりあえず津原泰水さんの小説『人形がたり』のイラストをアップしておきます。今日送ったばっかりのやつと、先月号のと。

人形をテーマにしたこのお話、今回は殺人事件が絡んでくるざます!!

なのでちょっとこんな雰囲気で。

でもほかのお仕事にはほとんど手がついておりませんです。

じゃ一日なにして過ごしてんのかというと、PCの前に座りっぱなし。

またはDVD見まくり。

最近YouTube中毒のようになっておりまして、しかも見るだけでは足りず、その動画をダウンロードすることにこだわりはじめてしまいました。

一見すると、過労死するくらい頑張って働いている事務職の人のようですが、はっきり言って明日の糧になるようなことは一切してません。

それどころかPCが立ち上がってるついでにネットオークションで服などを見つけて買ったりしてしまい、生産性を失っているどころか散財女王みたいになってます。

まじでやばいです。

……ああ、気づいたら6月の半ばにさしかかってるじゃありませんか……。

しかもなんとショックなことに、7月の半ばに予定していたイタリアの夫の実家行きを6月の末に早まらせたいという趣旨のことを言われてしまい、「ちょっと待ってよ、あたしから自由を奪わないで〜!」と夫に叫んでしまいました。

「こんなふうにだらだらとPC依存症になっているように見えるだろうけど、実はこうしながら徐々に次の作品に注げる最良の集中力を貯蔵してるのよ!!」

……なんて言い訳は効果ゼロ。

いま実家の姑は、なんと今月22日までブラジルへ行っております。

先ほど電話が来て、「あんたたち23日に来なさいよ! 23日ならあたしも帰ってるし!」みたいなことを言っていました。

冗談じゃないって!

この姑の長期に及ぶブラジル滞在ですが、出発の前日まで私に隠していたところがほんっとに憎たらしゅうございます。

なんでブラジルへ行ったのかといいますと、前にも書きましたけども私に尻を叩かれて夫の妹が南部の町に留学しておりまして、ブラジルのようなフレンドリーな国にいながら「お友達がひとりも出来ない、え〜ん」という、25歳の女性とは到底思いがたい内容の電話を、ここの家やらイタリアの家やらに毎日のようにかけてくるのでございました。

「そんなはずはない!! ブラジルっていったらあんた、世界で一番友達作りやすい国だよ⁉ あたしなんてブラジルを離れる前の日に会った女性に別れを惜しまれて泣かれたような、そういう国だよ⁉ なんでそこで友達出来ないわけ⁉」と叫んでみたところで、答えはこう。

「いいの、どうせあたしが悪いのよ。あたしがこんなに閉鎖的だから。どうせあたしなんか」

どうやったらあんな土地でここまで落ち込めるのだろう。私にはわかりませんね。でも事情をよく聞いてみますと、どうやら行って早々に出会った同郷のイタリア男にフラれたんだそうです。そこからすっかりやる気をなくしてる様子。

それを心配して、姑は旅立ったわけですが……。

子供依存にもホドがあるだろ⁉ え⁉ 25歳の娘のことなんか放っておきなさいよ、

きぃぃ〜っ！！！

だいたいなんで友達を作れないかっていったら、責任はあんた、あんたがいつまでもそばにいすぎるからだよ!! いつでもどこでも困ったときにはママがいるって、それダメじゃん。ぜんぜんダメじゃんっ!!

……と私が怒鳴ることを想定したのか、私は小姑からは「ママが来てくれるみたい」ってかなり前から聞いて知ってたのに、姑はその件に一切触れず、徹底的に黙り続けてたわけです。すごいですね。

一見ワンダフルなイタリア人の家族主義も、ある意味問題あると思う。

しかも家に93歳と98歳のばあさんふたり残して（さすがに誰かを雇ったらしいが）、20日間も娘と蜜月。スカイプで送られてくる写真はどれも親子で顔を寄せ合ってうれしさ炸裂な雰囲気。たしかにまあ、婆さんの世話で疲れてたってのもあるんでしょうけど、それなら、どんなに娘に会いたくてもあと半年すれば留学から帰ってくるわけだし、お友達でも誘ってどこか家族とは関係ない土地にでも行けばいいじゃありゃあせんか!?

『モーレツ！イタリア家族』を刊行して以来、愛する息子が住んでいても私の存在がかなりでっかいハードルになっているらしく、その分ブラジルでストレスを発散させてるんでしょう、きっと。

ちなみにイタリアに20日間ひとり残された舅は大喜びで毎日遊びまくってるらしいです。

今度イタリアへ行ったら、みっちりブラジル話を聞かされるのかと思うと……うう……。

とにかく、明日からは必ず仕事しますよ〜っ!!!

こんだけ葛藤してんだから、大傑作になるはずよ(嘘)。

やっと起動……

2007-6-13

仕事できました。

一日かけて1ページ。でもそれなりに手の込んだ仕上がりになったので満足。

昨日ジーン・ケリーの『雨に唄えば』を見て、やる気を一気に固めたざんす。

なんでジーン・ケリーなのかというと、このミュージカルは子供のころから好きだったんで、見てると緊張感が緩むのと、なんと言ってもこの作品の完成度の高さ。

24年ぶりに見て、ほんっとに感動いたしました。

24年前はこのサントラをウォークマンで散々聞きまくり、しかも人前でジーン・ケリーの踊りの真似をするのが好きだった私ですが、はっきり言ってこのミュージカル映画の完成度を把握するにはわたくしは若すぎました。

『トムとジェリー』を見てても感心するけど（あ、私はディズニーより圧倒的にＭＧＭ派でございます）、この時代のアメリカって、ほんっとに完成度が高い!!

いまみたいにＣＧとかの融通が利かないから、本当に完璧にひとつひとつのシーンが作りだされてて、しかもジーン・ケリーの踊りや歌もさることながら、あのころの映画って、爆発する家に駆け込んだり、オートバイで何十メートル下の川に落ちたりするシーンも本人がやってたっていうじゃないですか!!

いかりや長介の何倍も体張って仕事してて、もう驚き。

あとジーン・ケリーの映画で、あんなに踊って唄って激しいことしてんのに、息切れとかしてないみたいに見えるのはなんでざましょうか!?

むかし、『トムとジェリー』のトムがとあるエピソードでリストの曲をピアノで弾くとき、鍵盤がばっちりその音を叩いているのを見てめちゃくちゃ驚いたことがありますけど、ジーン・ケリーの完成度の高さもすごいもんだ。

１９５０年代のアメリカは真剣勝負だったんですねえ!!

共産圏があったころ、それらの国々の人たちも超絶テクニックを持って様々な分野でいろんな技を披露してましたけど、ジーン・ケリーみたいな、「も、ほんっとに踊ったり唄ったりが好きなもんで！」みたいな、天真爛漫さを感じさせるのはさすがに不可能でしたからね……。みんな国に言われてやってます、みたいなね。あれは見てて、たまらないものがありましたね。コマネチとか（古！）。

いやあ、いいですよ、『雨に唄えば』。たまにこういう映画を見ると体中青空!! みたいな気分になります。見る人を楽しませるっていう点では最高じゃないですかね。エンターテインメントはここまでやってもらわんとね。

驚くことにユーモアのセンスもいまだに通用するし、思いがけず大爆笑するシーンもありました。

あ、でも考えてみればトム&ジェリーもいまだに大爆笑できるし（DVDで全作品持ってます）。……すごいな、MGMのセンス。

ジーン・ケリーとまではいかなくても私も、甘ったれすぎないように頑張ろう。

どんなに激しく踊っても息切れせずに白い歯を見せて笑うジーン・ケリーの写真でも机のそばに貼っておきますかね。

息抜き

2007-6-16

おかげさまで手がつけられずに困っていた仕事も、ものすごくゆっくりペースですが、捗りつつあります……。

一日に2コマ、とかですけどね……ほほほ……亀の歩みより遅いざんす。でも、それでも8時間とかやってんですよ⁉

今回の原稿は米に字を描くくらい細かい絵が多いので仕方ないのでございます。

でも先日までのYouTube動画ダウンロード&貼り付け依存症はすっかり治りました！（単に飽きただけ）

で、いま仕事の合間に溜まってしまった画像や動画の整理でもしよっかなあ〜といろいろ見てたらヘンな写真が出てきたので、捨てる前にここに貼っときます。

（いずれなにかに使うだろうと思って保存してたものらしいのですが、意味不明）

「たからもの」

2007-6-25

というタイトルの、新しい読み切り漫画が本日発売された講談社『Kiss』の13号に掲載されてます。

この昭和の小学生ルミちゃんとマヤちゃんという姉妹を主人公にしたシリーズはこれで3回目なんですけど、ありがたいことに次回からは隔月の別冊誌のほうで連載にしていただけることになりました。この漫画は私の小学生時代の思い出整理も兼ねられるのでうれしいです。

でもこういう30年前の記憶をたどった漫画を描けるのも、私が日本から遠く離れているからなんでしょうね。しかもここがまた、古いものを第一に尊重、新しいものはいりません！みたいな風潮の強いポルトガルだったりするからなおさらなんだと思います。

ちょっとその辺に散歩行くだけで「ここ開いてんのか!?」みたいな、裸電球しかともってない店とか、電気代節約のためにまったく電気がついていないところとか、ほんとに昭和の40、50年代を思い出すスイッチだらけですからね。思い出さずにはいられないというか。

今回の内容は筆箱が要になってるんですけど、あたくしがいまだに使っている筆箱も30年前のもの。なにかの絵画コンクールに入選した副賞かなんかだったと思うのですが、長持ちするもんっすねえ〜!!

まあ、中学生ごろから大人になるまではどっかに埋もれてたんですけど、それを引っ張りだしてきて使っているのですが、これを見てるだけでいろんなことを思い出してしまうわけですよ。

買ったばかりの新しい筆箱のビニールのにおいだとか、不必要に開け閉めするせいで折れ目に亀裂が入ったりとか、ペンを差し込むオビみたいなのに無理やりサイズ合わないでっかいペン差し込んで壊したり……。

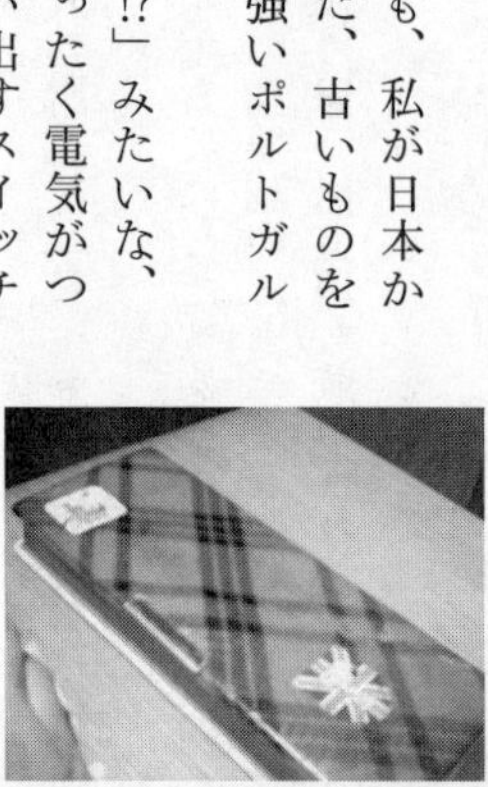

そんな感じでぼうっと見つめていた筆箱から芋づる式にいろいろ思い出してきた出来

事を描いた漫画でございます。
よろしかったらコンビニなどで立ち読みしてくださいませ。

明日は出発だ

2007-6-30

途中までの仕事を抱えて、明日からあの家族の待つイタリアへ行ってきます……。
「あ、なんか日本の野菜植えておいたから、来たら早速食べられるよ!!」
今日の電話でうれしそうな舅。
またハクサイがヤシの木みたいになってんじゃないだろうか……。
ほうれん草がバナナジャングルみたいになってんじゃないだろうか……。
こわいよ……。
庭に巨大な池も作ったらしい。
深さ3メートルくらいだそうだ。
アヒルがたくさんそこで泳いでいる模様。
むこうに着いたらデジカメで撮ってご報告します……。
ああ〜。
気がのらんよう〜。

行ってきます。

モーレツ度が増している……

2007-7-4

ピレネー山脈を越えて、2日間みっちり運転し続け、やっとイタリア・Veneto州の旦那の実家に到着。

やっぱ2500キロ、山越えしながら2日間走行しっぱなしってのはかなり疲れます。疲れるけど、飛行機と違って荷物をいくらでも積み込めるし、地続きだから、いろんなところを見ながら目的地にむかうのはなかなか面白いものです。

今回はスペインからフランスへピレネー越えをするときに、アンドラ公国という国で一泊することにしました。

アンドラ公国は紀元8世紀から存在する面積468㎢のミニ国家ですが、冬季はスキー客でにぎわうヨーロッパの人気観光スポットで、壮大な山の景色が続くなか、突然どこぞの都心にあるようなピカピカに磨かれた大理石の銀行やらブランドショップがぎっしり詰まった街が現れたときはかなり驚きました。なんか景気良さ気な国でございますこと。

到着したのが夜だったので店は全部閉まってましたが、もうバーゲンとかはじまってるらしくて思い切り物欲を掻き立てられました……。

翌日早朝にアンドラ公国を出発、ハイジのような景観を眺めつつ一路イタリアへ。

しかし、アンドラからフランスの高速道路に乗るまでに3時間も山のUピンカーブと格闘しつづけなくてはいけなかったので、残り1200キロの地点でへとへと。

結局その日の深夜1時に旦那の実家へ到着しました。

降りてもずっと車に乗ってる気分が抜けぬまま、服をきたままベッドに寝そべって、我々の到着を待っていた舅・姑と再会。

「おつかれさまあ〜!!」と頭蓋骨に響く大声で喜ぶ姑。

荷物を降ろして部屋へ行こうとすると、「あ、あんたたちの隣の部屋にアメリカ人が寝ているから静かにね!!」

「え？　アメリカ人!?」

「そ。先週ブラジルから帰ってくる途中、飛行場で知り合ったの。泊まりにおいでって言ったら本当に来たもんだから」

翌朝、むくんで腫れあがった顔でこのアメリカ人のおばさんと対面しました。

98歳のおばあちゃんはアメリカ人を見るなり、「路上生活者かね!?」と動揺。昨日もずっと彼女を路上生活者呼ばわりしてたんだそうだ。

我々はよれよれに疲れているにもかかわらず、ずーっとこのおばさんの相手をさせられ、次の宿泊先であるトレントまで彼女を車で搬送しました。外は土砂降り。

昨日もろくに寝ていない上に、知らないアメリカ人のおばさんの相手をずっとさせられ、彼女を送り届けて帰ってくるのに往復300キロを運転し、もうマジでなにもできませんという状態でした。

ちなみに姑は英語ができません。

アメリカ人のおばさんもイタリア語ができません。

「どうやって会話したの？」

「んなもの雰囲気でわかるってもんよ」と姑。

信じられない……。

「あんたたちが帰ってくる日だから、この日にしてもらったの☆」

してもらったの☆じゃないってばっ!!

雨があがり、日が差しはじめた家の庭を散策したら、池だか川だかなんだかよくわからんものが出来てました。アヒルが泳いでたんですけど、近寄ったら逃げてしまいました。

新しく出来たニワトリ用ケージのなかではヒヨコちゃんがいっぱい生まれてました。なにも知らないでこのモーレツ家族に生まれてきたヒヨコちゃん、不憫です。

トマトもどんどんなってます。

大根も植えたっていうんだけど、見つけられませんでした。明日探してみます。

でもその前にどこか誰も来ないところでひっそりと体力を回復させたいです。

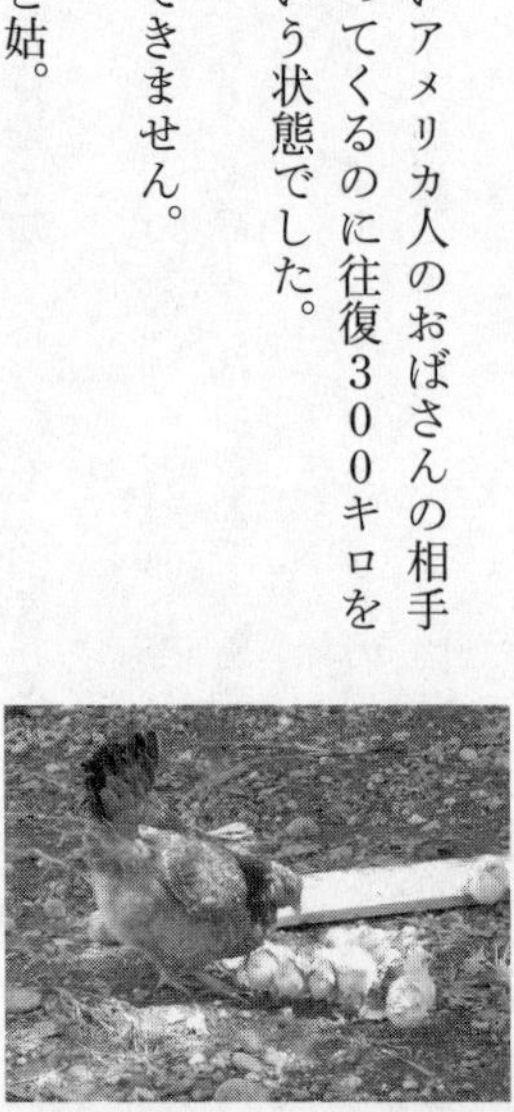

近況

2007-7-9

日々是労働です。

日焼け止めを塗ってるのに黒くなってしまいました。

ところで昨日の夜にアヒルの赤ん坊が4羽生まれたんですが、今朝それを発見した姑が無理やり彼らにエサを食べさせようとしてました。

もう、ほとんどシメてましたね。

ヘタしたら今晩、小さなアヒルのローストを食べさせられるところでしたよ。

あ、写真ですが、窒息死寸前のアヒルと、この家に放置されているヘンなものその①イゼッタ。わざわざトラックでイギリスまで買いに行ったのは舅です。

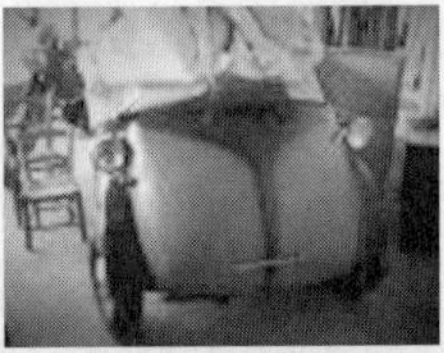

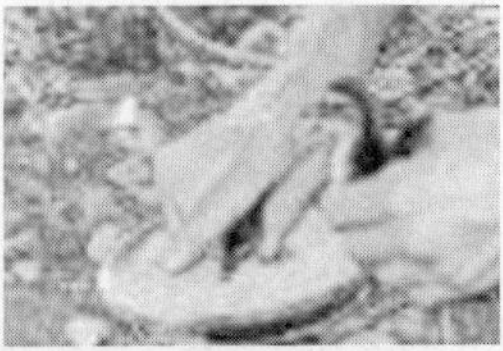

恥ずかしい出来事

2007-7-10

家がでかいのはいいことです。

私や旦那が普段いるのは2階の住居部分。

唯一、そこそこの静けさと平穏さが維持される場所です。階下でどんなに姑がその持ち前の奇声で叫んでいようと、アントニオ（舅）が機械作業をしていようと、なんとか集中力を保持することは可能です。

しかし、食べ物や飲み物の置いてある階下にはどうしても足を運ばねばならぬことがしばしばあり、そんなとき、思いがけずこの家を訪ねて来ている客と対面せねばならなくなったりします。

こちらがどんなに悲惨な風体でいても、「あ、Buongiorno!」と笑顔で彼らと握手しなければなりません。

しかも、これがほぼ毎日のように展開されるわけです。

ここの家で私は一体何十人の人々と知り合ったことでしょう。

もう、誰が誰だかさっぱりというのが正直なところです。

さて、昨日の出来事です。

2階で作業をしていると息子が、「ママ、ママに会いたいって人が下に！」と階段を駆け上がってきました。

「あ、あたしに？　誰よ、いったい!?」

「若い男」

ペンを放りだし、髪を撫でつけながら焦って下りると、入り口で若者とアントニオがなにやら話しこんでいるではありませんか。

その若者の顔をちらっと見て、「もしかしたら前に会ったかもしれないけど、覚えてないや……。でも覚えてないって顔に出したら失礼だし、しかもあたしのこと知ってるみたいだし」と心に言い聞かせて、私は思いっきりのつくり笑顔で彼に近づきました。

「チャオ、お待たせしてごめんなさいね☆」

アントニオとその男、なぜかその場で一瞬の硬直。

すると、くるっとアントニオが私を振り返り、

「……この人がこれを買ってくれって言うんだけど、6ユーロは高いよな？」と絆創膏の箱を差しだしてきました。

「え？」

釈然としない顔をしていると、その来訪者の若者が、

「お願いしますよ、食べ物も買えなくて困ってるんですよ」

オ、押し売りかよ!?

ってか、知り合いじゃなかったのかよ!?

「チャオ、お待たせしてごめんなさいね☆」と言う自分の言葉がピンポン玉のように頭のなかで跳ね返りだしてとまりません。

ささっとその場からあとずさり、「ね、だれ？　だれなの？　友達？」とうきうきしている息子に喝一発。

「おめえ、あれはただの押し売りじゃねえか、え⁉」

「押し売り？　なにそれ」

偶然前に持ってきていたサザエさんの本があったので、それを息子に渡し、「これ読んで学習しろ！」と命令しました。

しかしこんな田舎の家を訪ねてまわる押し売り、よほど切迫していたに違いありません。結局なにも買わなかったそうです。

はっきり言っていまだに狼狽してます。

「チャオ、お待たせしてごめんなさいね☆」……。

Veneto州のピカソ、アレッシオ叔父さん

2007-7-12

部屋にこもって仕事をしていると、突然ノックもなくドアが開き、超

ハッスル状態の姑と見知らぬ白髪の爺さんがどかどか入ってきました。

「ほら、これがヨメのマリよ！　でもって、これがマンガっての。ほら！」と姑、おもむろに人様の原稿用紙を取り上げて見せはじめている。

ムッとしていると姑が思い出したように、

「あ、紹介するわ。彼が私の叔父さんのAlessio Tascaさん」

え、この人がAlessio!?　驚いて突然態度の変わる私。

へぇえ～、これが私をイタリアに呼んだマルコ爺さんの弟で、現在イタリアでも屈指のセラミックアーティストの爺さんか、へぇえ～。顔もマルコにそっくりだ。

急にマルコ爺さんが懐かしくなった私。

Alessio Tasca氏の名前はもう耳にタコが出来るくらい聞いていたのだが、いまだに一度も会うチャンスがなかった。Alessioも私に随分前から会ってみたかったらしく、それがやっと今回、実現したということになる。

「よし、じゃあ、マンガはこのへんにして、ワシのアトリエを見せてやろう！　そのあとうちでメシ喰おう！」

え!?　マンガはこのへんでって言われても……。

と、うろたえる隙も与えられない。姑が私の肩をバーンと叩き、「あ

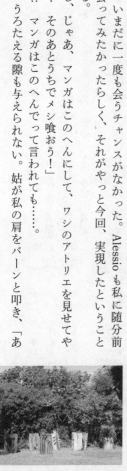

っらああ、光栄じゃない!? ねえ!!」と叫ぶ。

本日のノルマ達成の見込みナシ。仕方なく立ち上がって、おなじく本日のスケジュールの変更をやむなく強いられた不機嫌な旦那と支度をし、アレッシオ叔父さんの危なっかしい運転のあとをついてゆく。よくこんな運転で80年近くも生きてきたもんだ。

Noveというところにある彼のアトリエに到着。

おお、素晴らしい!

さすがVeneto州のピカソと呼ばれるだけあって、古い家屋を全面的に改装した巨大な敷地のなかのアトリエはお金がかかっていそうだ。

しかも、なんだか日本人に共通するワビサビの趣があたりに漂う。

「わしは人工的なもんは嫌いなんじゃよ! 自然が作品を作るんだと思っとる!!」

見かけによらずアレッシオ叔父さん渋いこと言いますなあ……。

でもその発言あたりから私のアレッシオ叔父さんに対するシンパ度が急激にアップ。自然のなかにぼそっと放置されている彼の大きな作品(全部セラミック)、確かに全然違和感がない。いい感じ。

そのあとまた危ない運転のあとをついて、丘の上にある彼の住居へとむかう。まわりの風景がこれまたベネト州らしいみずみずしさに溢れていて素晴らしい。

でもって彼の家も素晴らしい。

これまた超広大な敷地のなかに、緑に埋もれるようにして彼が40年来のパートナーのドイツ人のセラミックアーティストLee Babelさんと暮らしている住居が建っている。ベネトのピカソと呼ばれていたり、その女好きな態度からは想像できないが、彼はずっとこのパートナーと仲睦まじく暮らしている。

それにしても、ここらへん一体が全部このアレッシオの土地だというのだが、その広さたるや、丘まるまる一個ですよ。歩いて案内してくれたんですが、おそらく全体の10分の1くらいでもうへとへと。

その後Leeさんがささっとこしらえてくださった昼食をいただく。

そのへんの農家から買っているという自家製ワインがこれまたうまい。

もうなんだかすっかりいい気分。

しかもアレッシオ爺さん、私の『モーレツ！イタリア家族』の単行本を以前に見たことがあるらしく、「あんなにあの家族をけなして、お前もよくやるな！大したもんだ!!」と褒められ（?）、焦る。

この爺さん、めちゃくちゃ勘がいい。さすがだ。

ノルマは達成できなかったけど、なんかもうどうでもいいや!!という気持ちになってくる。

懐かしいマルコ爺さんの話などをして、じんわりしながら帰宅。

しっかし、いずれあたくしもこんな膨大な緑に包まれたオウチを建てられるようになりたいもんだわ！

帰還

2007-9-17

前回から2ヶ月以上経ってしまいましたが、やっといま落ち着いてPCと向き合える状況になりました。

取り急ぎいまの私の脳味噌の状態で思い出せることだけ書いておきます。

この2ヶ月のあいだ、いったい私はなにをしていたのかというと、まずイタリアの農場（実家と呼ぶのはやめて今後このように称させていただきます）に滞在中、急遽9月初頭締め切りの漫画の読み切り原稿44ページのリクエストがあり、持ち込んでいた別の原稿と並行でネーム作業に明け暮れ、気がつくと息子とふたりで日本へ出発する日になっていました。

北海道の母親の家へむかったはいいものの、間もなく私は灼熱の東京で知人に会ったり仕事をしたりして10日ほどを過ごし、帰ってからは食べ物コラムの締め切りが迫っているのでそれもやりながら44ページの読み切りの作業をし、はっと気づくと誰かに会ったり念願のうまいもの三昧をしたわけでもないのにイタリアへの飛行機に乗る日になっていたわけです。

正直、北海道で好きなことして過ごせた時間は「ゼロ」でございました。

本当はこの44ページは日本で仕上げて、イタリアから郵送するというリスクを避けたかったんですけど、それはできず、仕方なくイタリアへまた持って帰って作業を続け、置き去りにされた旦那が楽しみにしていた北イタリアアルプス登山に同行する前の日にぎりぎりフィニッシュ。トーンを貼る私の前で仁王立ちになった夫が、「絶対終わるんだろうね？　山に持っていくとか言いださないだろうね!?」とプレッシャーかけ三昧。

とにかく無事終了。あとは送るだけ。

以前イタリア郵便に原稿を委託したところ「一週間」のはずが「一ヶ月」かかったので、今回はどんなに高くても民間のDHLで輸送し、2日後には担当のもとに到着しました。お金には代えられないですからね。今後一切イタリアの郵便は使わない方向でおります。

それで、そうそうイタリア北アルプス登山。これは今回イタリア農場に置き去りにされた旦那からの「5日間だけここを離れたい」という要望によって企画されたもので、私ははっきし言って登山ダイッ嫌いなので反対したかったんですが（最初の予定ではローマに行くはずだったのに……すでに何度も行ってるし……人ごみと暑いのがいやだっていうから……とほほ……）、やむなく登山靴やらなんやらをリュックに詰め込んで出発しました。

「ハイジの舞台みたいにいいところだから！　絶対マリも気に入るから！」と、必死で気をつかう旦那。小さいころから両親に連れられていつも来ていた場所なんだそうです。着いてみると、おお、確かにここにはアルムの空気が……！　とにかく山が半端じゃないスケールです。あのハイジがフランクフルトで夢に見ていた夕方に赤く染まる山々の映像……あれが、あれそのものが目の前にあるじゃございませんか！

ちなみにこのあたりのアルプスのことを「ドロミテ山塊」と称するのですが、登山愛好家にはたまらん場所なんだそうです。

で、早速翌日から登山の日々開始。

それはいいんですけど、朝の気温3度。しかも雨が降るとかなんとか予報では言っていたのですが、実際には初雪で、ベッドの布団にくるまる旦那と息子を「雪だ！」の一言で飛び起こさせ、持ってきた服をすべて着込んで出発しました。

雪はやむ気配はなく、物好きな素人登山を試みる我々の上にどんどん降り積もります。

標高が高くなればなるほど雪の量も半端じゃありません。

私は舅から「キノコを取ってきてくれ」という使命を託されていたのですが、それどころじゃありません。目にも鼻の穴にも雪がどんどん入り込んできます。

やっと見つけたキノコは真っ赤に白い水玉がステキな毒キノコ。っていうか、どこを見ても食べられそうにもないキノコしか生えてない。

遭難もしかねない吹雪のなかでキノコなんかに気をとられているわけにはいきませんから、ヒュッテを目指してどんどん登ります。

途中、牛の大群に出くわしました。

牛の歩く方向に我々も歩みを合わせます。ヒュッテで放牧している牛なのでしょうが、突然の雪にみんな落ち着きを失った様子で、モーモーと激しく鳴きまくっています。これに交じって歩くのは正直かなり怖かったです。

でももっと怖かったのは、ヒュッテ付近でもっと高い標高から突然現れた軍隊の行進。

このへんは第一次世界大戦の戦場でもあったそうなので、雪のなかにぼんやりと浮きでてきたこの行進は一瞬亡霊行列と見まがうものがありました。

彼らは牛と遭遇したあと、動揺するでもなくそのまま下へどんどん降りていきました。

そんなわけでヒュッテに到着し、窓から暖かい家のなかを覗くかわいそうな牛の視線を尻目に温かいスープとキノコを食べて生きている喜びを実感した私たち。

雪が小ぶりになったところで下山しました。

イタリア農場で2ヶ月も夏を過ごした旦那はここで思いっきり息抜きをしたかったらしいのですが、翌日、私と旦那が大変な筋肉痛に見舞われ急遽登山中止になったのです。っていうか、あたりまえだ！！！

登山と息抜きは別もんですよ、私にとっては。

若い旦那は2日後に治ってましたが、私はいまだに太ももが痛いです。チクショウ。

……長くなりましたが、そんなことをやってからリスボンまで2500キロ、3日かけて車で無事帰宅したのですが、帰宅後3日間はトイレに行くのも億劫なほど脱力してました。

しかもPCのエクスプローラーがなぜだかイタリアにいたときからずっと開けなくて、やっと本日問題が解決した次第。

息子は明日から新学期。

私もそれに便乗して明日からいろいろまた頑張ります。太ももは痛いけど。

大使閣下から電話が……

2007-9-22

昨日突然、在ポルトガル日本大使閣下から直々にお電話がありました。

なにも思い当たる節がないので、名乗られたときには全身がこわばって言葉も出てこない始末。

「実はあなたのお名前を日本ポルトガル文化友好協会の方からいただきまして……」

そんなところとなんのかかわりも持っていないから謎だけど、大使館職員の人で私を知っている人もいるから、そういうつながりなのかなあ、などと思いつつ話の内容を聞くと、こういうことでした。

ポルトガル北部のポルトに暮らす数百年の歴史を持つポートワイン会社の社長が、今度新しく製造するポートワインのラベルを漫画みたいなデザインにしたいということで、ポルトガル在住の日本人の漫画家はいないかと、かねてから親しかった大使に探してもらっていたんだそうだ。

それで大使は私を見つけて電話をしてきたらしい。

でも私はそれを聞いたときに、「え？　歴史あるポートワインのラベルを漫画で⁉」という消化不良の思いでいっぱいになった。

しかもそのあとに大使の秘書から、そのポートワインのオーナーと直接電話で連絡をしてもらってもいいかという電話があり、ついにその当事者であるオランダ人のニーポートさんから電話がありました。

「あのう、どんな感じの漫画をお考えで……」

「もうね、なんていうか、ジャパン‼って感じのイラストを数枚送ってくれない？」

「ジャパン……」

「だからほら、フジヤマでもトヨタでもスシでもいいから！　それからいろいろ相談します」

……意味不明。

ポートワインにフジヤマ……？？？？

この電話のせいで昨日は一日考え込んで過ごしてしまいました。アキバ系のオランダ人なのかな……、いいのかな、そんな人が由緒あるポートワインの家系を引き継いでも……、などと余計なことばかり考えてしまいます。

ああ、どうしましょう。

大使閣下のお友達だし。

仕事もしなきゃなのに。

でも大使閣下だし。

悩む。

VIVA! 風呂文化

2007-10-2

今年のつかの間の日本滞在で、実行したくてもできなかったたくさんのことのなかでも最も心残りなもの、それがなにかというと、**銭湯へ行けなかったこと**、です。

ここ、リスボンの我が家には風呂桶がありません。

真新しく改装したてホヤホヤのこの家を初めて見たとき、そしてバスルームに備えつけられているこれまた新品のシャワーボックスを見たときは、「ああ、風呂がないのか……。でもまあ、これで大丈夫かな」と楽観的にとらえたものですが、はっきり言ってそれは**大きな間違い**でございました。

「ええ～、うちにも風呂桶あるけど～面倒だからお湯ためて入ることなんて滅多にないよ～」とのたまう日本のお友達の発言も、それは風呂桶が設置されているからこそ出てくるゆとりの発言としか私には思えません。

だって、あたくし、週に一度は必ず温泉か風呂に浸かる夢を見るんですよ⁉

で、仕方がないので、大分前ですけどＩＫＥＡで赤ちゃん用プラスチック製お風呂(要するに楕円のタライ)を買ってきて、それにお湯を入れ、狭いシャワーボックスのなかで体育座りでその容器に浸かってます。

足と尻が湯に触れられるだけまだいいのですが、はっきり言ってそのタライ、全体の深さの5分の1くらいお湯をためたらもう充分。腰を沈めると確かにあたくしの体積でタライの縁までお湯が満たされますが、そんなわずかなお湯では体を温めるまでには至らないのです。

ほんっとにこれこそ気休め、ってやつです。

古代ローマ遺跡に行くとかならず出合う「浴場跡」。

なぜこの文化が現代のヨーロッパに継続せんかったのか。

キリスト教のせいなんですけどね。ローマ人の風呂が廃れた理由は。

裸万歳のローマ的理念から裸タブーのキリスト理念、この変化はでかかったですね。

もしあのまま古代から風呂文化がここポルトガルでも継続していたら……。

そんなことをアホみたいに考えているうちに一日が過ぎていくのでありました。

先日、業者の人に風呂桶設置の見積もりをしにきてもらいました。今年の冬はなんとしても風呂桶に浸かりたいです。

それと次、日本に帰ったら昭和っぽい銭湯と、スーパー銭湯、このふたつにはどんなことをしてでも行きたいと思っております。

なんだか時間がない

2007-10-5

リスボンもうっすらと寒くなってきました。

「そうだ、この家には暖房がないんだっけ！」ということをしみじみ実感しはじめる季節の到来です。

なんだか毎日忙しいです。毎晩せめて1分でも自分の時間を、と思って本を読んだり映画を見ていると、いつの間にか眠ってしまいます。

ところでこれは先月イタリアから帰ってくる途中で寄ったアルルの写真なのですが、なにげなく写したこの1枚、『Buena Vista Social Club』のジャケットに似ています。フランスはできればあんまり立ち寄りたくない場所だったんですが（ホテルは汚くて高い。食べ物でいい思いをしたことがない。人が不親切。高速道路にお金がかかりすぎなど）、ここは古代ローマ色も濃く、ロマ族がいっぱいで面白かったです。ホテルはやはり高くて汚かったですが。

ジプシー・キングスのふるさとだそうですよ。知らなかった。

反面教師的姑考

2007-10-12

もし息子が嫁をもらう日がきたら、自分は心がけてこういう姑になろうと思います。

①用もないのに電話を一日に3回なんて絶対かけない。基本的には子供のほうからかけてくるのを待つ。

②自分の夫に対する不平不満を言うために息子に電話なんかしない（するなら友達だろ）。
③嫁の前で息子の自慢話なんかしない。
④仲良くしている息子と嫁に妬いて、息子にむかって、「アタシにもひとことくらいアモーレって言ってよ！」などとヒステリーを起こさない。
⑤夏休み、嫁ヌキで息子と久々に一ヶ月も水入らずで過ごしたのに、息子との別れ際に泣きそうになっている顔を東洋人の嫁に見つめられたとき、「なによ、あたしにも東洋人みたいに、親子の別れなのに無感情に振る舞えっての？」などという、人種差別的な発言は絶対にしてはならない。
⑥夫婦喧嘩を目の当たりにしたら、息子を一方的に擁護するような態度に出ない。第三者としての立場を認識し、状況によっては当然嫁の側にも回る。
⑦あくまで、あんたたちはあんたたちの家族を築いたのだから、というリスペクトを基準においた行動を取る。

あたくしってやっぱりどんなにイタリア文化を吸収してても、完全に根っからの日本人なんだって改めて痛感してます。

で、母親という立場としては以下のようなことを心がけたいです。

①自分の野望は自分で遂げる。子供に自分の充足感や満足感を仮託しない。
②子供に対して、あなたがいなければ、ママやってけないわ！的な発言はしない。
③夫婦間で満たされないものを子供に要求しない（そばに寄り添って話を聞いてほしいなど）。
④人様にやたらめったら子供の自慢話をしない。
⑤どんな人とも友達になれるキャパを育んでもらうために、子供に対してすべてを満たしてあげる立場（母であり、友達であり、兄弟であり、教師であり、相談役であり、みたいな）にならない。
⑥死ぬほど愛していてもそれを安っぽく周辺に露出させず、だけど子供だけにはしっかり伝わるようにする。

なんかまだまだあるんですけど……。

基本的に私の理想としている母親像は素っ気なくても懐の広い肝っ玉カアサンです（理想は、クストリッツァ監督の映画『Time of the gypsies』のお婆ちゃん）。母親は、母親としての基本的原則さえ全うできればもうそれでよし！　あとはお友達や恋人でまかないなさいって感じです。

でもね、お姑様にはそれができてないざんす。

『モーレツ！イタリア家族』みたいな本を書いておきながらなんですが、イタリア的家族主義も過剰になるとヤバいですよ、ほんと。

社会性を身につける必然性が薄れて、最終的に友達が作れなくなりますからね。

アモーレ感情を惜しみなく注いでいいのは小さい子供までですね、わるいけど。でっかくなってからは精神的な不健康さを感じるだけです。

文字にしてみたらすっきりしました……。

(画像は山で見つけた毒キノコです☆)

船旅報告 ギリシャ行ってました

2007-10-26

2週間ほど、息子と旦那を置いてイタリア・ギリシャ・クロアチアに行ってました。

毎年やっております、元イタリア語のお弟子さんを中心にした旅行です。

昨年はエミリア・ロマーニャ州のグルメ旅行でしたが、今回は思い切ってクルーズに挑戦。

ナポリの会社MSCの客船アルモニア号(アンモニアと間違えてた人もいましたが)、ベネチア発ギリシャ行きで、帰りはクロアチア沿岸の町に寄港してベネチアに到着するという、全7泊8日の旅です。

ドレスコードもあって、フォーマルが2日、インフォーマルが2日。あとがカジュアル。私は出発ぎりぎりまで仕事をしていたので、スーツケースにはなにも考えず簞笥にかかってるものを手当たり次第に突っ込みました。

だって……普段のリスボンでの生活なら一ヶ月に3、4回くらいしか服なんて取り替えませんもの。ほほほ。しかもほつれた糸が出てたり、襟まわりが伸びきったTシャツにジーンズが定番なもんで、フォーマルと言われても想像がつかないっていうか。

結果、ヨーロッパのみなさんはなかなかスマートなフォーマルでしたが、日本のみなさんのは気合入ってましたねえ〜。

今後の教訓としたいのは、あんまり力んだ服を着ていると、船のなかでの注目度が高まってしまうということ。普段の格好でそのへんのデッキを歩いていても、「あっ、このあいだシルバーに光る縞馬の服着てた人だ！」みたいに指をさされてしまいます。

1600人の乗客がいましたが、目につく人はいつどこにいても目立ちましたから。

ま、そんなわけで、コースはざっとこんな感じ。

ベネチア
南イタリアのバーリ
ギリシャのサントリーニ島
ギリシャのミコノス島
アテネ

コルフ島
クロアチアのドブロブニク
ベネチア
ドロミテ山塊
そしてその後、ドロミテは標高の高くないところにしてみたのですが、またしても雪が降ってました……。
生ポルチーニのグリルが食べたかったんですが、「とっくの昔にシーズンは終わった」と言われ、願望達成ならず。
ポルチーニを食べられる期間は大変短いのですね。
ああでもよかったわあ〜、船旅。
なんだかノスタルジックで。移動のテンポも遅いので私は気に入ってしまいました。
そんなに高くもないので、是非みなさんもどうぞ。
いや、も、ほんとによかった。
明日からは何気にトイレに行く時間もままならない状況になりそうなのでこれくらいの贅沢はアリってことで。

中身はアンコにしてくれ

2007-10-31

今日スーパーに行ったらこんなもん売ってました。

「ドーキョー」

東京とドラ焼きをかけたものと推察されます。

思わず買ってしまいました。

ほほう……なかなかうまくコピーしてるじゃない？

ほほう……生地もまるでみりんを使用したかのようなしっとり感……。

ほほう……。

で、なかはもちろんチョコだよ！

アンコじゃないよ!!

あたりまえだね！

アンコなわけないよね!!

この「ドーキョー」、スペイン製なんですが、『ドラえもん』が放映された欧州の国のなかではスペインが人気ナンバー1なんだそうです。

だからこんなもんを開発するに至ったってことなんですかね？

似非だとわかっていながら2個もいっぺんに食べてしまった……。

中身がアンコだったら5個はいけたな……。

旦那の超悶々期

2007-11-10

ひとまず単行本の仕事は本日にて終了……。

発送は来週になってからにいたします。

DHLで送るか、信頼度80%のポルトガル郵便で送るかは週末に決めます（ちなみにイタリア郵便に対する信頼度は5パーセント以下です）。

DHLは値段が高いのがネックですね。

ほんとに高い！

旦那なんてここ数ヶ月でたぶん10万単位の金額をDHLで費やしていると思います。

この旦那のベッピですが、彼は来年からアメリカの大学院に行こうという志を抱いていて、その申し込みに必要なTOEFLやGREといった試験だの書類だのの準備をするのに今年の2月からいまに至るまで、みっちり休む間もなく作業しつづけています。

志願書を提出する大学ですが全部で12校（!!）。

彼も大変でしょうが、一緒に暮らす家族もそろそろ息が詰まってまいりました。

旦那は私と違って極限的な心配性。

石橋は何百回でも叩かねば渡らない性質の持ち主です。

だから、もう、ほんっとに執拗に何度も自分の準備した書類を確認しまくり、その度に不安を募らせ、頭を両手に埋めて考え込むという、その動作の繰り返し。

私が彼ほどの頭脳の持ち主ならば決して12校もの数の大学に志願書を送るなんてことはしないと思うんですけど、「もし……もしものために……」なんだそうで、ほんと、ここまでくるともうアドバイスなどほとんど意味をなさないので、ただひたすら見守ってるしかない感じです。

早く……たのむから早く決まってくれ……。

そしてこの家のなかに爽やかな、グロリアスな空気を運んでくださいな……。

といっても来年の2月か3月になるまで結果は出ないのだそうです。

3月か。長いっすねえ〜。

はあ〜。

決まればまあ、我々もお引越しですけど、あたくしはもうどこでもいいです。

郵便さえきちんと機能する場所であればもう、どこでも。

『俺たちフィギュアスケーター』（邦題）

2007-11-11

原題は『Blades of Glory』でございます。

この映画は夏に日本へ帰るときに飛行機のなかで見たものなんですけど、昨日、街中まで散歩に行ったらすでにDVDが売られていたもんですから、即買いしてしまいました。

飛行機のなかで10種類以上もの映画を選択できる状況のなかで、ひたすら一途にこのスケート映画を見続けた私。そのときすでに「これがDVDになったら自分の栄養補給源として絶対に買わなければ」と心に決めていたものですから、購入への迷いなんてありませんでした。

で、調べてみたらこの映画、なんと日本でも12月に公開されるっていうじゃないですか！！！

あたしは別にフィギュアスケート大好きってわけじゃないんですが、意表を衝かれる衣装や振り付けがときによってはツボにドカンとくることがあって、そういう意味ではシーズンになるとつい楽しみに見たりするんですね……。それで見る度にフィギュアスケーターには彼ら独自の時間の流れ方や彼ら特有の掟があるんだなあ、と思ったりはしていました。

この映画は要するに、そういう毒気的ツボを重点的に攻めてる映画です。可憐なはずのフィギュアスケートってもんをこのような失礼な観点で見てしまう人がたくさんいるからでしょうか、全米2週連続№1、興行収入1億1800万ドルを突破したんだそうです。

主演はウィル・フェレル。

相手役はジョン・ヘダー。

ふたりの現代という時代を完全に無視したいでたちといい、人柄といい、気持ち悪さっていうか、もうなんていうか、たまらないものがあります。

ちなみに金髪のジョン・ヘダーの髪型ですが、1970年代に日本中の女子がきゃーきゃー言ってた外タレで、こういう人いませんでしたっけ？

あ、そうそう！　レイフ・ギャレットだ！（どうでもいいんですけど……）

彼の役柄はピューリタン精神旺盛な潔癖男。

ウィル演じる主役もこれまた……この人の顔は気持ち悪いというか、見てるだけでもおかしいのですが、最後にはなんだか可愛らしいとさえ私は思ってしまいました。

こわいですね。

そのほかの出演者もみんなイイ味出してくれてます。

サシャ・コーエンもウィル・フェレルのちぎれたブリーフ（と思う）を振って興奮したりする脇役で出演してます。

バカバカしさもここまで完成度を高くしてくれると、言うことないです。トーナメントのシーンなんて、大会用のマスコットといい現場の緊迫感といい、本物の選手権を思い起こさせるくらい完璧な仕上げになってて素晴らしいです。公開されたら是非ご覧になってみてください!!

甘いお菓子

2007-11-18

旦那は耳に聞こえてくる日本語の内容のほぼ7割は把握しますが、まだ流暢に喋れるわけではありません。

でも本人的には密かに頻度高く聞く言葉を使ってみようと思うときがあるようで、たまに、「お? よく知ってるね、そんな言葉」という具合に驚かされることもあります。その度に彼は「よし、またトライしてみよう」と思うらしく、度々「本日の覚えたて日本語」を思いがけないときに口にすることがあります。

今日、息子を家に置いて買い物に出かけたのですが長時間になってしまい、留守番させている息子になにかお詫びのつもりで買って帰ろうと思ってお菓子屋さんに入りました。

すると旦那が、「少しくらいの留守番でそんなの必要ないよ」と私を制してきました。

「君はちょっと彼に甘いお菓子すぎていると思うよ」

イタリア語での会話でしたが、「甘いお菓子すぎている」という部分は自慢風味の感じられる日本語でした。

「Sei troppo AMAI–OKASHI con lui!」という具合です。

「え……？　そんなに甘いお菓子を買い与えてるつもりないけど……」

「いや、お菓子に限らず、全面的にぼくらは彼を甘いお菓子すぎてると思う」

彼はつまり「あまやかしすぎ」と言いたかったらしいです。

確かに「甘い菓子をやりすぎると性格がとろけてだらける」という解釈を語源と思い込めないこともないですけどね。

「甘やかす」

たしかに「甘いお菓子」に聞こえないこともありませんが、彼に言われたとおり短時間の留守番程度で甘い菓子を買うのはやめました。

先日も夕食のテーブルに上げられたコロモ付きの和風揚げ物を見た途端、なにかを探す旦那。

「あれどこ行った？　あのほら、こういうのにかけると美味しいやつだよ」

「え？　レモン？」

「違う……えっとほら……あの関西の人がよく食べる……」それからしばらく考え込んで叫んだ言葉。

「洋服ソースだよ、洋服ソース！」

「ようふくソースってなによ!?」と息子と顔を見合わせる私。

「オタフクソースじゃないの？」と息子。

これにはちょっとショック受けてました。

我々家族だけにしか気づかれなかったのでいいですけど、「よし、この日本語はマスター！」と思い込んでいたものが、実際かなり違う言葉だったたってのはね……。

ちなみに「コロモにかけて洋服みたいにするから」洋服ソースだと思っていたそうです。

新しい言語を覚えると、これでいいと思っていた言葉が大いに違っていたりすることがありますが、日本語は彼らにとって、きっともっと複雑なものに違いありません。でもここまで聞きとれるのだから、是非これにめげず頑張って習得してもらいたいものです。

近況

2007-11-27

今年はいつまで経っても暖かいから大丈夫だと思っていたのに、やっぱり風邪をひいてしまいました。

ここ数ヶ月、持病の椎間板ヘルニアもまた痛みだすようになってきたこともあり、体力改善にいいんじゃないかと思って日本から取り寄せたビリーズ・ブートキャンプを（2日間だけ）頑張ったんですけど、はっきり言ってあれで逆に虚弱になったような気さえします。

2日間だけ、ってのがダメなんでしょうか。

でも腰痛ももっとひどくなった気もするし、これはもしかしてすでにちょっと体力ついてる人がやるべき運動なんじゃないかと思いました。

私みたいに運動不足で凝り固まったような人間がいきなりやるもんじゃないのかもしれません。

ぜんぜん足が上がってないのに、汗でびっしょりのランニングをまとった艶やかな顔のビリーが私を見つめ、「うん、いいね〜。バッチリ！」みたいな心にもないことを毎回繰り返して言ってくれるのにもハラが立ってくるし、周囲のキャンプ仲間の「ワァン、トゥー、スリー、フォゥ」の張り切った連帯的かけ声もなんだか聞いてるうちにいらだたしくなってきます。

しかも家揺れるし。

ああ、あたしにはキャンプムリだと思いながらも高かったからやらなきゃ、とみみっちい「やる気」だけは維持しているのですが、風邪ひいたからまた当分ダメですね。

ところで年末はまたイタリアの実家です……。

また豚の死体が台所に転がってるのかと思うといまから吐き戻しそうです。

しかもあのでかい家は冬のあいだ、家のなかでもコートを着ていないといけないくらい寒い上、たぶん仕事も抱えていかねばならぬので、どんなことになるのか想像しただけでも気が重くなります。

老人介護もあるし。

ニワトリの世話もあるし。

おまけにいまあの家ではいろいろ家族的問題が勃発していて、お姑さん超バッドなコンディションだし。

ああ。

ただ、今年は母が久々に日本から来るそうなので、なにかうまいもんを持ってきてもらおうかなあ～という思いがいくらかその不安を和らげてくれています。

いま私が一番食べたいものはセブンイレブンのおでんです。

特にはんぺん。

あとイクラの醬油漬け……旬だな……。

スナックどころだとイカの姿フライ。

甘系ならモンブラン。

想像するだけでたまらない気持ちになってきました……。

モンブランはあまりの食べたさに冷凍の栗を1キロ潰して作ってみましたが、ぜんぜん違うものが出来ました。ものすごいでんぷん質な粉吹き栗が完成し、試しに口に入れると咳込んで止まらなくなりました。

これをうまくアレンジすると栗きんとんとかになったりするんでしょうか。

おせち料理も日本にいるときはあんまり好きじゃなかったけど、いまなら二段重ねのお重3個くらいいけそうです。

親善人形とわたくしの爺様

2007-12-1

ただいまわたくしは来年1月に発売される講談社の『Beth』8号の、津原泰水さんの連載小説『人形がたり』用イラストを制作中ですが、今回は昭和2年にアメリカから日本に運ばれた親善人形がテーマだそうです。

親善人形というのは、要するに「青い目をしたお人形は〜」のお人形のことでございます。

日本に1万3000体ちかく、しかも全員パスポート付きでアメリカから送られてきて、全国の小学校に配られたんだそうです。

ときにアメリカは大恐慌前夜。

せまりくる不安は西海岸を中心に日本人労働者の排斥と執拗な排日運動に変化していきました。そうしたなかで金融不安と政情不安の責任を日本人に転化してはならないと考えた宣教師シドニー・ルイス・ギューリック氏（20年の在日経験あり）が提唱し、両国の親善を願ってアメリカの人形を日本へ送ることにしたのでした。

そしてそのお返しに日本からも市松人形などがアメリカに贈られたそうです。

しかし、このアメリカ親善人形は第二次世界大戦で「鬼畜の国からの贈り物」ということで、わざわざ竹槍で刺されるなど無残な方法で処分され、現在では全国で３００体ほどしか残っていないんだそうです。人形を竹槍で刺すという徹底ぶりが凄まじいものを感じさせます。

ところでこの親善人形のことをいろいろと調べながら、私はふとその時代、10年間アメリカのサンフランシスコとロスで、東京銀行の社員として駐在していた母方の祖父、戸田得志郎のことを思い出していました。

今年の夏に実家へ戻ったときにコピーした祖父のパスポートを引っ張りだしていろいろ確認してみると、渡米したのは１９１８年となっています。

帰ってきたのが10年後となると、ちょうどその親善人形が日本の小学校にむけて送ら

れてきたあたりになる計算です。

私が祖父の過去に具体的な興味を持つ前に亡くなってしまったので、いまさらその当時の事情などをいろいろと聞きだすこともできないのですが……、恐慌のあおりなどがあったのでしょうか。

なにはともあれ、大学出たてのホヤホヤで、渡米してから10年後に帰国した祖父は徹底的にアメリカナイズされており、祖母と結婚して移り住んだ鵠沼の家も純和風家屋でありながら、椅子とテーブルでトーストとオートミールを朝食に食べるような生活をしていたらしいです。

だからそんな祖父にとって第二次大戦というのはかなり悲劇な展開だったようです。

これは母から聞いたことですが、親善人形が竹槍で刺されて処分されていたころ、祖父はアメリカで買いためたレコードのコレクションを蓄音機ごと風呂の釜で燃やさねばならなくなったそうで、その火で沸かした湯船に浸かりながら、「ああ〜今日は音楽風呂だ!」とやけっぱちになってたんだそうです。

でも実は何枚かこっそり残してはいたみたいで、それはいまだに母の手元に保管されています。

それにしても、93歳で亡くなるまで、ほんっとに古き良きアメリカでのことを色褪せずに思い続けていた人でありました。

亡くなる直前でしたが、私の学校の友達が電話をかけてきて祖父がそれを受け、私がそのとき所在していた場所の電話番号を「ジロ（ゼロ）、スリー、ファイヴ、……」というふうに英語で伝えたそうで、あとでその友達に「マリの家に電話したら変な人が出た」と言われたこともありました。

また、祖父はかなりの情熱家でもあったようで、亡くなってから発覚したんですが、アメリカに住んでいるあいだはロシア人のダンサーのお嬢さんとおつきあいしていたらしく、几帳面に彼女のポートレートとやりとりしていたお手紙がぴっちりと張られたアルバムが出てきました。

後藤新平が外務大臣を務めていたころに発行された、大判サイズの仰々しいパスポートによると渡米時、正確には23歳と3ヶ月。

駐在していた10年のあいだ一度も日本に帰らなかったそうですから、大した染まりっぷりだったに違いありませんが、帰国後の日本への適応に相当苦労したんじゃないかと思います。

我が家の人間が海外に移り住むことに対して寛大なのは、どうもこの戸田得志郎の影響ではないかという気がしてなりません。

津原さんのイラスト作業はそんなわけで思わぬところで中断してしまいましたが、ま

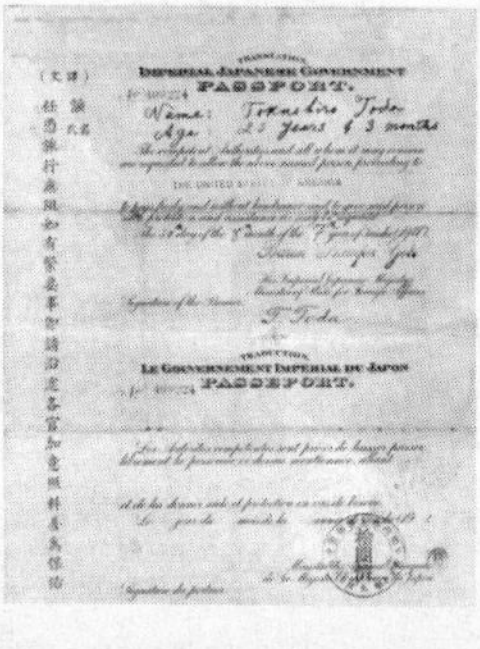

た一段と感慨を深めて制作に励みたいと思います。

ストライキ

2007-12-12

カレンダーを見たら残すところあと1週間でイタリアの家へ行かねばならないことに気づく。

やばい……。っていうか、ぜんっぜん行きたくない。

先だっての姑の電話が、

「今年も豚半頭分予約してあるから、あんたたちが来たらソーセージ作りましょう」

もういいって、ほんと、もういいよ、ソーセージ。

生豚の死骸も。気の毒だよ、ほんと。

でもって原稿全然進んでないし。

締め切りだけ刻一刻と迫ってくるし。

これ持っていくの？

あのクソ寒い家で原稿やんの？　豚の腸詰作りながら？

ばあちゃんのオムツ取り替えながら？

絶対無理。

もういまの私、ぜんっぜんどっかへ行っていいようなコンディションじゃないんですけど。

しかも今回は、札幌の母が来ることになってるのですが、3人のおばちゃんのお友達つきだそうで、ベネチアとか絵を描く題材探しをしたいんだそうです。

そのあと私たちとリスボンにも来るんだそうです。

勝手にやってほしいが、平均年齢74歳。

いなくなったら大変だ。

要するに12月20日から1月6日まで、私の自由はないと見た。

100％人様へ奉仕する自分に切り替えないとダメだということだ。


ところでいまイタリアではすべてのトラック運転手のストライキ続行中で、野菜も牛乳もガソリンもイタリア半島中どこにも行き届いていないらしい。

スーパーの野菜・果物コーナーは空っぽ。

牛乳なんて腐るリスクに見舞われてるそうだ。当たり前だ。

これぞほんとにツボを押さえたストライキですね。

さすが、ストライキ大国イタリア！

なんかわからんがいい気味だ〜。

でも私が行くころにはなにもありませんように……せめてそれくらい……。

アルカンタラの橋

2007-12-13

数日前、寝しなに塩野七生さんの『ローマ人の物語』の賢帝の世紀を読んでいたら、古代ローマ帝国初の属州出身皇帝トライアヌスが作った（というかサポートした）橋がいまだにスペインのポルトガル国境寄りにある、と書いてあって、旦那に確かめたところ、

「明日行ってみっか」

ということになりました。

風邪をひいたり仕事づくしだったりでかなり煮詰まってたので、ちょうどいい息抜きになりそうです。

彼の指ものさしで地図上の距離を測るとリスボンから2時間もあれば着くというので、ゆとりの気分で出発。

……4時間かかりました。

しかも周辺、なにもナシ。

人もナシ。

トイレもナシ。

旦那の時間の尺度はどんなに几帳面であっても結局イタリア式なので、アテになったためしがありません。

だけど橋は健在!!

古代ローマのパワーは素晴らしい～。はあ～。

惚れ惚れとしてしまいます。

450年程前に一度壊れたそうですが1900年前の基礎はそのままで、修復をなされてからはずっと実用の橋としていまもその上をトラックや車が通過しています。

でも自分たち以外誰もいません。

あんまり観光スポットではないようですが、それが逆にいい感じ。

橋からそんなに離れていない場所に、Alcantara（アラビア語で橋）という村があったので、そこでお昼ご飯を食べようということになりました。

村、っていっても誰もいません。みんな家のなかに引きこもっているのでしょうか。

唯一見つけたレストランはその経営者家族の居間と化していて、つけっぱなしのテレビではシンプソンズがスペイン語でいろいろ喋ってました。そして小学生くらいの坊主

が椅子に座っていつまでもそれを眺めておりました。

こんなド田舎になぜこんなすごい橋が……と思いますが、1900年前は古代ローマ帝国の属州ヒスパニアとルジタニアを結ぶ重要な道路のひとつだったそうです。

イベリア半島には、スペインにもポルトガルにもこのような素晴らしい建造物がさりげなくあったりするので驚きます。

謹賀新年と『コレラの時代の愛』

2008-1-4

遅くなってしまいましたが、みなさま明けましておめでとうございます。

今年もどうぞよろしくお願いいたします。

私は例年通り北イタリアの夫の実家で年末年始を過ごし、2日にリスボンへ戻って参りました。

今年はいつにもまして……疲れてます。はい。

疲労が全身の筋肉のなかに凝り固まってて、一旦停止するともう動けません。飯炊きも掃除もやる気ゼロ……ってくらいでございます。

私がせっせと蓄えていたなけなしの体力がすべてイタリアの家でバキュームされつくした、というのが適切な表現になりますでしょうか。

今回は日本から母がお友達を3人引き連れてきたこともあり、そちらとこちらとでもってあたくしの処理せねばならぬ仕事が全部ミックス。

母が「あんたよくやってるね……」と絶句するほど、やはりこの実家のハードさは半端じゃないらしいです。いつも客観的になれずに「こんなもんだろう……」と思ってヨメの義務を果たしているつもりだったのですが、母のその一言でとても不条理なものを感じてしまいました。

ほかの人たちが楽しい冬休みを満喫しているあいだ、私は潰した豚の腸詰作りに明け暮れ、1時間置きにストーブへの薪くべ、でもって掃除に洗濯で、気がつけばもう夜、へとへとになりながら自分の仕事を深夜まで、という毎日でした。休みを必ずどこかで取り直さねば、このままでは納得できません……。めでたさ感があまりに希薄で、なんだか一体いつが正月だったのかさえ思い出せないくらいです。でも確実にいまはもう2008年なんですよね……?

ひと段落したら雑煮でも作って自分ひとりで正月祝うしかないですね。

ここにあるのはクリスマスの写真ですが、私にとってはこのツリーの飾りつけだってプレゼントの設置だって誰がやったと思ってんだ!!みたいな怒りがなんだかどこからか溢れでてきてしまうショットです。でもプレゼントはしっかりもらいましたよ。黄色い

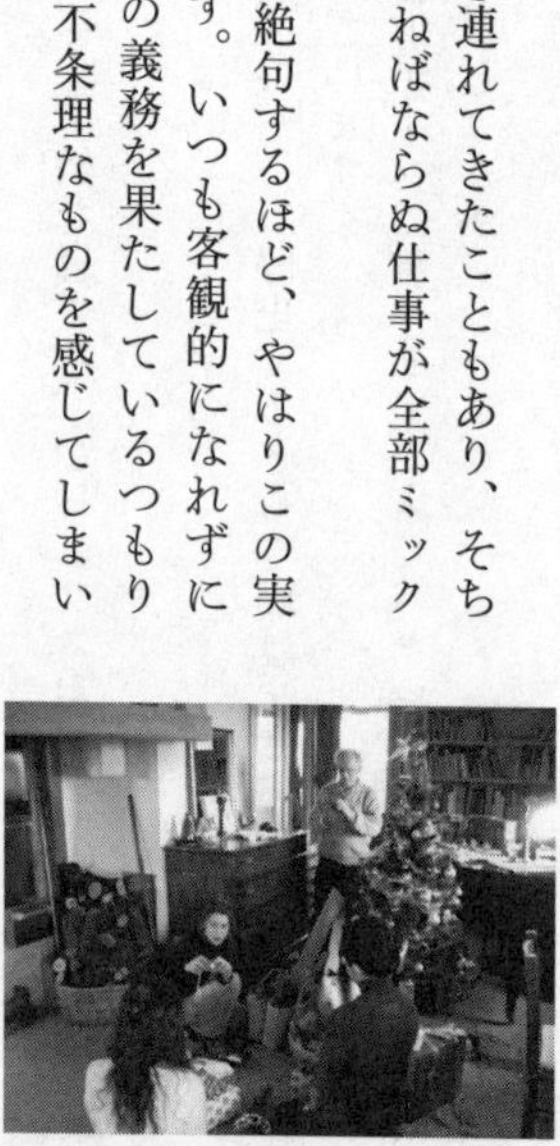

財布とカバン。これでもうがっつり金運に満たされた2008年を過ごしてやろうではないですか。

でもそんななか、ほんの少しだけ許された自分の自由時間に映画を一本見て参りました。

私の青春時代を支えた作家、ガブリエル・ガルシア・マルケス原作『コレラの時代の愛』。

キャストがびっくりするほど自分の好きな俳優ばかりで、同作家原作の映画『予告された殺人の記録』でがっくりきていた私の不信感を一気に払い落としてくれました。

ハビエル・バルデム。

ジョバンナ・メッゾジョルノ。

そして私の理想の女性、フェルナンダ・モンテネグロ。

その他いろいろ。

原作の舞台はコロンビアですが、撮影はブラジルで行われたそうです。

アメリカ映画なので、原作を知っている人には若干エキゾチックさが強調されすぎという感じもしますが、全体的には美しい映像だし、俳優は見てても苛立たないし（ヒロインのジョバンナ・メッゾジョルノがちょっとイメージと違ったけど）、まあ楽しめました。

音楽もよし。作家がコロンビア人なので、同国の歌手シャキーラも参加してます。でもなかなかいい感じです。

ストーリーは手っ取り早く言うとロミオとジュリエット的顚末を強いられた男女がその後50年以上の月日を経てまた再会する……というものですが、男のほうは結婚もしないでその一目ぼれの女性を一途に思い続けるわけですね、途中700人近い女性と関係を持ちながらも。

温厚で純粋で内向的、だけどとんでもなくドラマチックな感情を抱え込む男。これをハビエル・バルデムが見事に演じてくれてます。

実らない自分の思いに苦悩し、静かに苦しむハビエルの声を殺して泣くその顔を見ただけでも感動。たとえ彼の私生活がどうであれ、私にとっては男性の俳優ではナンバーワンですね……。こんなに老人役を上手く演じる若手俳優もそんなにいないでしょう。『海を飛ぶ夢 Mar adentro』でもそうでしたが、こういう人のことを俳優になるべくして生まれてきたと表現するべきなのではと思う私（大絶賛）。

それと、この映画のコンセプトはもうひとつあり、これが愛と結婚という定義についてというものなのですが、なかなか興味深いものがあります。

というわけで、日本ではいつ公開になるか知りませんけど、昨今の世の中の歪みに疲れた方には見ることを心からオススメしたい愛の映画です。

最後にハビエル扮する主人公が「生は、死よりも限りない」というような感慨を打ち明けるのですが、これがすごく心に残りました。

至上の喜びを知った人間にとって、生きることこそが限りなさを感じさせるものなのかもしれないですね。

どうぞみなさまにとってもそんな気持ちになれる２００８年でありますように。

あとがき

「マリがやりたいという漫画だけで食べていけるようになるにはどうしたらいいのか」

と、ベッピと初めて会ったときに、彼が聞いてきたことをいま思い出しています。

子供を産んで帰国してからというもの、私はいくつもの草鞋《わらじ》を履きながら、日々忙しく働かざるをえない状況でした。

そのとき私は、「外国人と結婚して外国に住んだりすれば、仕事は漫画だけになるかもしれないね」と、当時21歳の生真面目な大学生だった彼に深く考えずに答えたのですが、その数ヶ月後、彼からプロポーズをされることになるとはまったく想像できませんでした。

私はそうして再び日本を去ることになったのですが、外国で漫画を描くだけで地味に平和に暮らしていけると信じていたのは、結果的には間違いだったようです。私はどこでなにをしていても、結局、「平穏無事」という言葉とは無縁なのだということを、この本を読み終えて改めて思っています。考えてみれば、親も祖父もそうだったので、これは一生、波乱万丈という磁場から離れられない家系なのだと思って諦めるしかないですね。

なにはともあれ、私を漫画に全身全霊注ぎこめる環境へ導いてくれた旦那と、「じゃんじゃん描きなよ！　自由にどんどんやりなよ！」と背中を押し続けてくれた松田洋子さんと三宅乱丈さんのふたりに感謝の気持ちでいっぱいです。

読み返してみると、とんでもない表現や素っ頓狂な見解がテンコ盛りですが、最後まで辛抱強く読んでくださった読者のみなさまにも、心よりお礼を申し上げます。

ありがとうございました。

二〇一二年三月　桜の開花が直前の東京にて

ヤマザキマリ

文庫版あとがき

それまで暮らしていたシリアのダマスカスから戻って来て、暫くイタリアの夫の家に厄介になったあと、私達家族3人は猫と衣服や書籍など必要最低限度のものを車に積んで、まるで夏の間の休暇を過ごすかのような気軽さで次なる移住地ポルトガルへと向かった。2004年の事だった。

1日8時間ほど車を走らせ、フランスとスペインを経由しつつ、リスボンに到着したのはイタリアを出発してから3日後のことだった。私達はすぐに街の中の不動産屋をいくつか巡り、カンポ・デ・オウリケという詩人フェルナンド・ペッソアが暮らしていた地域にある、築80年の住居をひと目で気に入って、さっさとそこへ引っ越した。

憧れだったり行ってみたかった土地が、心地よい住み場所になるとは限らない。私は、リスボンという街については前述のペッソアやポルトガルと縁のあったイタリア人作家タブッキの作品、ヴィム・ヴェンダースの映画『リスボン・ストーリー』を通じてでしかイメージした事が無かったし、ポルトガルを訪れたことのあるイタリア人達にとっては「あそこは1960年代のイタリアみたいだよ」という印象の街である。それはつまり、「勤勉で真面目で家族にも社会にも一生懸命な、温かい人達がいる街だよ」という意味合いを醸す。なぜリスボンに移住を決めたのか。確かに旦那は当時大学で比較文学を専攻していて、専門にポルトガル語圏の文学も含まれていたが、それは決定的な理由ではなかった。

とにかく、私も旦那も、横柄さの無いできるだけ謙虚な人々がいる場所に暮らしたかった。シリアから戻ってきて最初の数ヶ月はイタリアの夫の実家で過ごし、そのときの凄まじさは後に『モーレッツ！イタリア家族』というギャグエッセイ漫画に昇華させることができたが、心底ではイタリア人とは性質の異なる、もっと静かでシンプルな人達のいる街に逃げ出したいという思いに駆られていたのかもしれない。旦那の研究や大学の都合で欧州にいることが必至になるのなら、どこの国がそんな我々の願望を満たしてくれそうか暫く考えた。そして思い当たったのがポルトガルだった。

リスボン日記は、リスボンでの暮らしが始まってから、私が日本の友人や知人にむけて、喋りかけるようにSNSやブログに綴っていた日々の何気ない出来事や、頭に過った思いが纏められたものである。PCに向かってこの書込みを始めた当時は当然の事だが、いずれこれが一冊の本になるなんてことは想像すらしていなかった。だからここには、頭の中に思い浮かんできたことが、何の手も加えられずにそのまま文章に置き換えられている。読み直してみると、恥ずかしさと同時に懐かしさもこみ上げてくるし、何より『テルマエ・ロマエ』という漫画が齎《もたら》した竜巻のような慌ただしさ以前の、穏やかで自由時間がいっぱいあった日々の記録を書き残しておいて良かったという安堵を感じた。

『テルマエ・ロマエ』がヒットしてから、私は日本の様々な場所で、そして様々なインタビューで、あの作品を描こうと思ったきっかけや経緯を問い質され続けてきたのだが、その答えの8割がこの本の中にあるように思える。

異文化に接する戸惑いや興奮。仕事や暮らし。日常。旅。そしてポルトガルという国。古代ローマを主体にした漫画だから、多くの人はあの作品の発想の発端をイタリアに結びつけようとするが、古代ローマ人が日本の銭湯の湯船から突然現れるシーンは、リスボンでアイロンがけをしている最中に思い浮かんだものだ。イタリア人達はポルトガルを1960年代のイタリア、と称したが、私はポルトガルの暮らしに懐かしい昭和の日本の空気を重ねていた。もう二度と戻れない、あの時代の日本と日本人への思いをリスボンでつのらせていた。その思いは幾つかの漫画作品として再現されたが、『テルマエ・ロマエ』もそのうちの一つだったのである。

それまでに暮らしていたシリアで目の当たりにした壮大な古代ローマ遺跡と、ポルトガルで出会った謙虚で温かくて人情深い人々。あの頃の私は、容赦ない時間の流れに追いつめられる事もなく、好きな事を好きなだけ考えられる時間を許されていた。

今まで暮らして来た国の中でもポルトガルの住み心地の良さは、様々なトラブルや不便さを含めたとしても、私にとっては格別だったが、できればいつかまた、あのカンポ・デ・オウリケの黄色い壁の古い家に戻りたい。もしそれが叶ったら、あれから怒濤の長旅を経て戻ってきた私をポルトガルはきっとまた温かく包み込んでくれそうな気がするのだ。「いろいろあったね。お疲れさま」という言葉とともに。

ヤマザキマリ

解説

本上まなみ

あの『テルマエ・ロマエ』を描かれたヤマザキマリさんが、まさか日々、シャワー室しかないお風呂で、赤ちゃん用沐浴タライに縮こまって浸かっていたとは！

コミックに幾度も幾度も登場する、ほわほわとたゆたう湯気、湯船からあふれんばかりの湯、日本のひなびた温泉宿、公衆浴場で頬を上気させて寛ぐ古代ローマ時代の人々の姿……。あれやこれやの斬新で独創的なストーリーは、リスボンで暮らすヤマザキさんの、日本式お風呂への渇望から生まれた物語だったということ、本書を読んで初めて知りました。

大航海時代、ヴァスコ・ダ・ガマもインドに向けて旅立ったというポルトガルのリスボンは、私もいつか行ってみたいと願っている、歴史のある街。紀行番組や旅の雑誌で街の様子も見たことがありますが、しっとりと落ちついた、趣のある風景が印象的でした。そこに暮らす人々は、何を食べて、どんなことをして日々生活しているんだろう。大切にしているものはなんだろう。何を見て笑うかな。この本でリスボンという街のこと、そこで暮らす人々の生活の一端に触れることができて面白かった。お向かいに暮らすおじさんとのやりとり、日本の盆踊りに似た年に一度のお祭り。地元の料理、海臭い街、ぽかぽかの太陽……。

とは言え、ヤマザキさんご一家の生活があまりにもいろいろありすぎて、読み進むうちに段々と自分の感覚が麻痺してくるという強烈ぶりでしたが。

何より、しょっちゅう出てくるイタリア人のお姑さんのパワフルなこと。マンマを中心に家族の結束が固いのは当たり前というお国柄なのでしょうが、それゆえパートナーの妹さん宅に居候しなくちゃならない羽目になったり、休暇があればきっちりがっつり帰省することを要求されたり、実家に行ったら行ったで数々のイベントに強制参加させられて……あ、れ？　なんか、これ、うちの親元に似てないか？　こういう巻き込み型のおかん、うちの母そのものかもしれない。

「まなみ、いいの拾ったで」と大八車の巨大車輪を得意げに見せる母。ちょっと知り合っただけのマジシャンを家に呼ぶ母（近所の人も呼ぶ）。旅先の民家の庭にテントを張っちゃう母。《は》《は》《は》《は》と書いたメモを家の窓やドアノブなど、あちこちに貼る母（歯の食いしばり注意を喚起するものらしい）……。

ヤマザキさんの立ち位置および困惑ぶりは、うちの夫のそれに似ているような、そんな気もしてきました。

生い立ちも育った環境もまるで違いますし、私自身は日本から世界へ飛び出して行こうとする勇気も今に至るまでなかったのでありますが（憧れだけはすごくあるのだけれど）、ヤマザキさんの日記を読んで抱くのは、根っこの部分にある、あるある、とか、そうそう、という共感です。特に思うのは、節目節目でやっておられる、サバイバル的な行動。

例えば、冬の寒さを考慮していない家に耐えかね、ペットボトルに熱湯を入れて湯たんぽにしたり、羽毛布団を買う決断をするまでに新聞をシーツと毛布の間に入れて寝てみたりするところ。大西洋で、拾った釣り糸、石のおもりで魚を釣ってみるところ。大福餅を食べたくてミキサーと電子レンジで適当にこしらえてみたりするところ。するなあ、私もきっと、する。

ポルトガルは日本からは遠く離れた国。当然、文化も暮らし方も違うはず。日本的懇切丁寧な各種サービスも、気のきいた商品もなかなかないだろうと想像します。だから色々「工夫をする」ということが身についている人なんだろうなあと思うのです。でもアイデアの割に結果が若干へっぽこである、というのも事実で、そういうところに親近感がわいてくる。冒頭に書いた、シャワー室でちんまりとタライにしゃがんでいる様子なんて象徴的ですよね。想像するだけで笑えてしまいます。

私事で恐縮ですが、子どものころキャンプとか野宿が好きな（前述の）母親に育てられたこともあり、ないない尽くしは当たり前という環境に私も慣れていまして、ヤマザキさんのように工夫をして暮らすということが、小さいころ

から割と身についていた方なのです。どんなところでも眠れるし、大抵のことは、

「まあ、キャンプよりはましだな」

と思えば大丈夫。合格点が非常に低いのです。タフに育てられて良かったなあ、と今になって思うのであります。

僭越ながら、そんな同じ匂いをヤマザキさんに対して感じてしまうのです。暮らしのなかの工夫の仕方と、結局のところそのスケールの小ささについて（あ、実際、残念ながらお目にかかったことがないので、あくまでも予感なだけなのですが）。

行動力抜群で、客観性が際立って、ユーモアもあり毒もある、それでいて「たいへんちまちましている」というジャパンなところがヤマザキさんの魅力。そう思います。

さて。読み進んでいってヤマザキさんが困難に遭遇すればするほど（いいぞいいぞ）とひそかに思ってしまう私はイジワルなのかなあ。いや、きっとヤマ

ザキさんご自身も（よっしゃ、きたきた）って、どこかで思っていたに違いないと思う者です。

義理のご家族とのやりとりだって、バチカンでのロケのハプニングだって、輸送業者との攻防戦だって、がっぷり四つに組み合って、逃げない。きちんと向き合う。自分を信じて、自分を頼りにして前へ進んでいくパワーがある。14歳で初めて行かれた海外がひとり旅だったことはとても大きかったんだろうなあ。17歳で親元を離れ、単身でイタリアへ。語学を習得し、ひとりで色んな局面に立ってきたことは綴られた文章からも伝わってきますし、色んな出来事に遭遇してワアワアとなっていても芯のところはどしっとしているのは、場数を踏んでこられたからこその強さなのだろうと思う。『テルマエ』は突拍子もないお話なのに、説得力、安定感があるのはその力なんでしょう。

人と人、場所が違って育った環境も違うんだから、みんな違って当たり前なんだというリスペクトがあるから、お姑さんの悪口を言っても嫌な感じにならず、どこかあっけらかんとして、楽しく映るんだと思います。

面白い方向に最終的に持って行けるというこの頼もしさ、サービス精神、さすがだなと思います。ご本人が一番面白がっているに違いない（と私は信じる）けど、きちんと読者を最後まで引っ張っていってくれる。

さらには旅行好きの私としては、リスボンを起点にした数々の車の旅、様々な自然の景色、街や村、古い建造物、そこで体験したお祭りや食べたものの数々がとても印象に残りました。大陸ってすごいね。リスボンから北イタリア2500キロとか、ずっと車で行けるんだものね。どんどん山を越えて国を越えて。

見渡す限り一面でんでん虫がいる風景と、「糞転がし」に扮装した青年たちの出てくる田舎のカーニバル、個人的にはとても気になります。

（ほんじょう　まなみ／女優、エッセイスト）

ヤマザキマリのリスボン日記《につき》
テルマエは一日《いちにち》にして成《な》らず

朝日文庫

2015年12月30日　第1刷発行
2023年11月30日　第3刷発行

著　者　ヤマザキマリ

発行者　宇都宮健太朗
発行所　朝日新聞出版
〒104-8011　東京都中央区築地5-3-2
電話　03-5541-8832（編集）
03-5540-7793（販売）

印刷製本　大日本印刷株式会社

ISBN978-4-02-261836-8